魔法科高校の劣等生
司波達也暗殺計画 3
The irregular at magic high school Plan to Assassinate Tatsuya Shiba
佐島 勤
Tsutomu Sato
ion／石田可奈
Kana Ishida
trator assistant／
ジミー・ストーン
design／BEE-PEE

KEYWORDS

術式解体（グラム・デモリッション）

圧縮した想子粒子の塊をイデアを経由せずに対象物へぶつけて爆発させ、そこに付け加えられた起動式や魔法式などの魔法を記録した想子情報体を吹き飛ばす無系統魔法。魔法といっても事象改変の為の魔法式としての構造を持たない想子の砲弾であるため情報強化や領域干渉に影響されない。また、砲弾自体の持つ圧力がキャストジャミングの影響も跳ね返してしまう。

物理的な作用が皆無である故に、どんな障碍物でも防ぐことはできなく、射程が短いこと以外に欠点らしい欠点が無いことから、現在実用化されている対抗魔法の中では最強と称されているのだが、並みの魔法師では一日かけても搾り出せないほどの大量の想子を要求するため、使い手は極めて少ない。

司波達也が得意としている魔法の一つ。

鉄（くろがね）シリーズ

国防軍の調整体開発チームによって製造された調整体シリーズ。肉体の耐久性、スタミナ、想子保有量を重視した遺伝子操作が行われており、長時間の魔法戦闘を目的として製造された。シリーズ名の「鉄」には頑丈でスタミナが豊富なアスリートを形容する「鉄人」の意味が込められている。

若宮刃鉄は調整体「鉄」シリーズの第一世代であり、その中でも特に大きな想子保有量を備えている。

「鉄」シリーズの調整体はすべて事故死したことになっており、若宮刃鉄以外の生存者は現在のところ報告されていない。

減速領域（ディーセラレイション・ゾーン）

一定の空間を対象に、侵入した物質の分子運動を含めた運動速度を一定の比率で低下させる魔法。極限まで効果を高めることで、対象物が停止することも可能となる。石化の魔女は魔法の発動速度を劇的に高めることによって、対象を見ただけで速度を低下させることができる。

（うえっ……。ヤク入りじゃねえか）
『有希さん！
お仕事しなくて良いんですか？』
榛 有希
はしばみ・ゆき
暗殺を生業とする少女。幼く見えるが司波達也より2歳年上の19歳。フィジカルブーストの超能力者。コードネームはナッツ。

『やあ、有希。食事中だった？
邪魔したかな？』
『的の情報が集まらなければ、
計画も立てられないだろ』

「乗れ!」

「仕事の相談よ」
姉川妙子
あねがわ・たえこ
亜賀社で働く、狙撃手。銃であれば何でも扱うが、特に長距離狙撃を得意としている。コードネームはアニー。

魔法科高校の劣等生 司波達也暗殺計画3

The irregular at magic high school Plan to Assassinate Tatsuya Shiba

佐島　勤
Tsutomu Sato

illustration／石田可奈
Kana Ishida

ある規格外の少年と、

ある暗殺者の少女。

二人が出会った時から、

運命の歯車は

より数奇なものへ動きだした――――。

Character
キャラクター紹介

榛 有希《はしばみ・ゆき》

暗殺を生業とする少女。
幼く見えるが司波達也より
2歳年上の19歳。
フィジカルブーストの超能力者。
コードネームはナッツ。

鰐塚単馬《わにづか・たんば》

有希の相棒役兼、お世話役。
暗殺に関しては
後方サポートに徹することが多い。
コードネームはクロコ。

桜崎奈穂《おうざき・なお》

四葉家が有希のもとに派遣した
“暗殺者見習い”の少女。
独自なフラッシュ・キャストを使用する。
コードネームはシェル。

姉川妙子《あねがわ・たえこ》

亜賀社で働く、狙撃手。
銃であれば何でも扱うが、
特に長距離狙撃を得意としている。
コードネームはアニー。

司波達也《しば・たつや》

国立魔法大学付属第一高校に通う二年生。
有希が遭遇した魔法師の少年。
妹である深雪を守るべき存在だと
認識している。

司波深雪《しば・みゆき》

国立魔法大学付属第一高校に通う二年生。
兄の達也を溺愛している。
冷却魔法が得意。

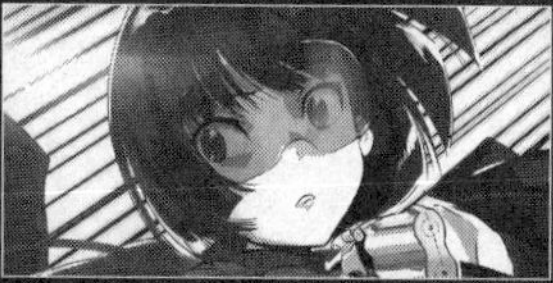

黒羽文弥《くろば・ふみや》

達也と深雪の再従弟（はとこ）にあたる少年。
亜夜子という双子の姉を持つ。
作戦行動中は「ヤミ」という
コードネームで呼ばれる。

黒羽亜夜子《くろば・あやこ》

達也と深雪の再従妹（はとこ）にあたる少女。
文弥という双子の弟を持つ。
作戦行動中は「ヨル」という
コードネームで呼ばれる。

藤林響子《ふじばやし・きょうこ》

風間の副官を務める女性士官。
階級は少尉。

黒川白羽《くろかわ・しらは》

黒羽家配下の魔法師。
工作員として文弥をサポートをする。
甲賀二十一家の末裔。

両角来馬《もろずみ・くるま》

殺し屋組織「亜貿社」の社長である老人。
彼自身も千里眼の異能を持つ「魔法師ではない忍者」。

Glossary
用語解説

亜貿社
超能力者・忍者で構成される暗殺組織。犯罪結社ではあるが、
『法で裁けない悪人を裁く』という理念を掲げている。社長は両角来馬。

超能力者（サイキック）
身体強化などの異能を持つ者の総称。
元々は魔法が確認された当初その力は超能力と呼ばれていた。
2094年現在では多くの超能力者は魔法師となっている。

魔法科高校
国立魔法大学付属高校の通称。全国に九校設置されている。
この内、第一から第三までが一学年定員二百名で
一科・二科制度を採っている。

ブルーム、ウィード
第一高校における一科生、二科生の格差を表す隠語。
一科生の制服の左胸には八枚花弁のエンブレムが
刺繍されているが、二科生の制服にはこれが無い。

一科生のエンブレム

CAD〔シー・エー・ディー〕
魔法発動を簡略化させるデバイス。
内部には魔法のプログラムが記録されている。
特化型、汎用型などタイプ・形状は様々。

司波達也のCAD

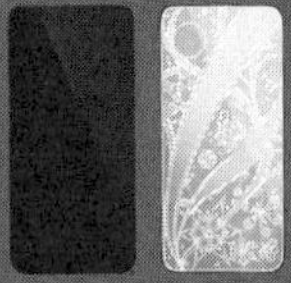
司波深雪のCAD

フォア・リーブス・テクノロジー〔FLT〕
国内CADメーカーの一つ。
元々完成品よりも魔法工学部品で有名だったが、
シルバー・モデルの開発により
一躍CADメーカーとしての知名度が増した。

トーラス・シルバー
僅か一年の間に特化型CADのソフトウェアを
十年は進歩させたと称えられる天才技術者。

エイドス〔個別情報体〕
元々はギリシア哲学用語。現代魔法学において
エイドスとは、事象に付随する情報体のことで、「世界」にその「事象」が存在することの記録で、
「事象」が「世界」に記す足跡とも言える。現代魔法学における「魔法」の定義は、
エイドスを改変することによって、その本体である「事象」を改変する技術とされている。

イデア〔情報体次元〕
元々はギリシア哲学用語。現代魔法学においてイデアとは、
エイドスが記録されるプラットフォームのこと。魔法の一次的形態は、
このイデアというプラットフォームに魔法式を出力して、
そこに記録されているエイドスを書き換える技術である。

起動式
魔法の設計図であり、魔法を構築するためのプログラム。
CADには起動式のデータが圧縮保存されており、
魔法師から流し込まれたサイオン波を展開したデータに従って信号化し、魔法師に返す。

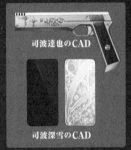

サイオン(想子)

心霊現象の次元に属する非物質粒子で、認識や思考結果を記録する情報素子のこと。
現代魔法の理論的基盤であるエイドス、現代魔法の根幹を支える技術である
起動式や魔法式はサイオンで構築された情報体である。

プシオン(霊子)

心霊現象の次元に属する非物質粒子で、その存在は確認されているがその正体、
その機能については未だ解明されていない。
一般的な魔法師は、活性化したプシオンを「感じる」ことができるにとどまる。

魔法師

『魔法技能師』の略語。魔法技能師とは、
実用レベルで魔法を行使するスキルを持つ者の総称。

魔法式

事象に付随する情報を一時的に改変する為の情報体。
魔法師が保有するサイオンで構築されている。

魔法演算領域

魔法式を構築する精神領域。魔法という才能の、いわば本体。
魔法師の無意識領域に存在し、魔法師は通常、魔法演算領域を意識して使うことは出来ても、
そこで行われている処理のプロセスを意識することは出来ない。
魔法演算領域は、魔法師自身にとってもブラックボックスと言える。

魔法式の出力プロセス

❶起動式をCADから受信する。
これを「起動式の読込」という。
❷起動式に変数を追加して魔法演算領域に送る。
❸起動式と変数から魔法式を構築する。
❹構築した魔法式を、無意識領域の最上層にして
意識領域の最下層たる「ルート」に転送、
意識と無意識の狭間に存在する「ゲート」から、
イデアへ出力する。
❺イデアに出力された魔法式は、指定された座標の
エイドスに干渉しこれを書き換える。
単一系統・単一工程の魔法で、
この五段階のプロセスを半秒以内で完了させることが、
「実用レベル」の魔法師としての目安になる。

魔法の評価基準(魔法力)

サイオン情報体を構築する速さが魔法の処理能力であり、
構築できる情報体の規模が魔法のキャパシティであり、
魔法式がエイドスを書き換える強さが干渉力、
この三つを総合して魔法力と呼ばれる。

基本コード仮説
「加速」「加重」「移動」「振動」「収束」「発散」「吸収」「放出」の四系統八種にそれぞれ対応した
プラスとマイナス、合計十六種類の基本となる魔法式が存在していて、
この十六種類を組み合わせることで全ての系統魔法を構築することができるという理論。

系統魔法
四系統八種に属する魔法のこと。

系統外魔法
物質的な現象ではなく精神的な現象を操作する魔法の総称。

心霊存在を使役する神霊魔法・精霊魔法から読心、幽体分離、意識操作まで多種にわたる。

十師族
日本で最強の魔法師集団。一条(いちじょう)、一之倉(いちのくら)、一色(いっしき)、
二木(ふたつぎ)、二階堂(にかいどう)、二瓶(にへい)、三矢(みつや)、三日月(みかづき)、
四葉(よつば)、五輪(いつわ)、五頭(ごとう)、五味(いつみ)、
六塚(むつづか)、六角(ろっかく)、六郷(ろくごう)、六本木(ろっぽんぎ)、
七草(さえぐさ)、七宝(しっぽう)、七夕(たなばた)、七瀬(ななせ)、
八代(やつしろ)、八朔(はっさく)、八幡(はちまん)、九島(くどう)、九鬼(くき)、九頭見(くずみ)、
十文字(じゅうもんじ)、十山(とおやま)の二十八の家系から
四年に一度の「十師族選定会議」で選ばれた十の家系が『十師族』を名乗る。

数字付き
十師族の苗字に一から十までの数字が入っているように、
百家の中でも本流とされている家系の苗字には“『千』代田”、“『五十』里”、“『千』葉”家の様に、
十一以上の数字が入っている。
数値の大小が力の強弱を表すものではないが、苗字に数字が入っているかどうかは、
血筋が大きく物を言う、魔法師の力量を推測する一つの目安となる。

数字落ち
エクストラ・ナンバーズ、略して「エクストラ」とも呼ばれる、「数字」を剥奪された魔法師の一族。

かつて、魔法師が兵器であり実験体サンプルであった頃、

「成功例」としてナンバーを与えられた魔法師が、

「成功例」に相応しい成果を上げられなかった為に捺された烙印。

The International Situation

2096年現在の世界情勢

世界の寒冷化を直接の契機とする第三次世界大戦、二〇年世界群発戦争により世界の地図は大きく塗り替えられた。現在の状況は以下のとおり。

USAはカナダ及びメキシコからパナマまでの諸国を併合して北アメリカ大陸合衆国(USNA)を形成。

ロシアはウクライナ、ベラルーシを再吸収して新ソビエト連邦(新ソ連)を形成。

中国はビルマ北部、ベトナム北部、ラオス北部、朝鮮半島を征服して大亜細亜連合(大亜連合)を形成。

インドとイランは中央アジア諸国(トルクメニスタン、ウズベキスタン、タジキスタン、アフガニスタン)及び南アジア諸国(パキスタン、ネパール、ブータン、バングラデシュ、スリランカ)を呑み込んでインド・ペルシア連邦を形成。

他のアジア・アラブ諸国は地域ごとに軍事同盟を締結し新ソ連、大亜連合、インド・ペルシアの三大国に対抗。

オーストラリアは事実上の鎖国を選択。

EUは統合に失敗し、ドイツとフランスを境に東西分裂。東西EUも統合国家の形成に至らず、結合は戦前よりむしろ弱体化している。

アフリカは諸国の半分が国家ごと消滅し、生き残った国家も辛うじて都市周辺の支配権を維持している状態となっている。

南アメリカはブラジルを除き地方政府レベルの小国分立状態に陥っている。

［プロローグ］

首都の西、多摩《たま》地域北部に位置する、人口二十万人弱の中規模都市。

名称は仮に『K市』としよう。副都心の繁華街まで公共交通機関で二十分程度しか離れていないが、「近場で手近に」というニーズから、ここにも「夜の街」と呼べる一角は存在する。

B to Cが発達したこの二十一世紀末、「近場」のニーズが最も強いのは、日々のちょっとした娯楽であるこの分野かもしれない。

都心・副都心の繁華街ほど豊富なバリエーションは無いが、この規模の都市であれば「手近」なニーズに応える「店」は一通り揃《そろ》っている。店舗を持たず店舗以外で客を取る「店」も、法的にグレーな「店」も、明らかに違法な「店」も。

二〇九六年十月最初の金曜日。小規模なバーやキャバレーが軒を連ねる薄暗い小道という場所柄と、夜十時過ぎという時間を考えれば、彼女たち三人は明らかに場違いだった。

一人はフリルで飾られたワンピース。

一人は、チェックのミニスカートにオーバーニーソックス。

一人は、素足にショートパンツ。

中学・高校の制服を着ている娘こそいないが、三人ともローティーン・ミドルティーン向けのファッションサイトに載っているような服装であり、中身もそれに違和感が無い。つまりは、十代前半から十代半ばの少女たちということだ。

都心・副都心のすぐ近くだからといって、いや、だからこそと言うべきか、この時間のこの辺りに中高生が楽しめるような遊戯施設は無い。彼女たちは、世俗の塵芥《ちりあくた》で薄汚れた大人が想像するように、楽しむ為《ため》ではなく楽しませる為《ため》に――その対価として支払われる金銭を目当てに、薄暗い路地に立っているのだった。

「薄暗い路地に立っている」と言っても、彼女たちに悲愴感《ひそうかん》は無い。共通しているのは、あっけらかんとした雰囲気。世界大戦を挟んで逆回転した――「正常化した」と言う人々も多い――性道徳意識が、そろそろ弛緩《しかん》し始めている証拠かもしれない。

彼女たち三人は、最初からその人数だったのではない。十分前には倍の人数がいた。この三人は売れ残り、と言うより選り好《えごの》みしてこの縄張りで粘っているところだ。

彼女たちは、今すぐ金に困っているわけではなかった。男の遊び相手になるのも、小遣い稼ぎ感覚でしかない。一応は商売だが本人たちにプロ意識は欠片《かけら》も無く、マシな相手がいなければ客を取らずに引き上げるだけだ。事実、彼女たちの間では誰からともなく「今夜は帰ろうか」という声が出始めていた。

今日最後の品定めと、チェックのミニスカートの少女が路地の入り口に目を向ける。

「あれっ？」

そして思わず、年相応の声を上げた。

ていいる方へ顔を向ける。


「なに？」「どうしたの？」

ワンピースとショートパンツの仕事仲間がミニスカートの少女に問い掛けながら、彼女の見ている方へ顔を向ける。

そこには三人と似たような格好で、畳んだ日傘を左腕に引っ掛けてぶら下げた、ツインテールの少女がいた。年齢は中学三年生の彼女たちと同じか、少し下に見える。

「知ってる？」

「知らね」

「あたしも」

勝手が分からぬ様子でキョロキョロと左右を見回している少女は、彼女たちが見たことのない「新顔」だった。

「ちょっと！　そこのあんた！」

ショートパンツの少女がツインテールの少女に呼び掛ける。彼女の声は他の通行人にも聞こえていたはずだが、反応したのは当の少女だけだった。

ツインテールの少女はいきなり声を掛けられたにも拘《かか》わらず、怯《おび》えた様子も警戒している風も無く、小走りで三人に近付いた。

ワンピースの少女が微《かす》かに顔を顰《しか》めたのは、自分と方向性が同じで、かつツインテールの少女の方が客観的に見て美少女だったからだろう。見た目が幼いのも、彼女たちが相手をする客層を考えればプラスに働きこそすれマイナス要素にはならない。

「こんばんは」

普通に会話できる距離まで近付いて、ツインテールの少女が人懐《ひとなつ》こい笑顔でショートパンツの少女に話し掛けた。

「お姉さんたち、地元の方ですか？」

「まあね。この辺じゃ、古株かな」

出鼻を挫《くじ》かれたショートパンツの少女は、虚勢を張って気後れしていることを隠そうとしている。余り上手《うま》く行っているとは言えないが、ツインテールの少女はそれに気付いた素振りを見せなかった。

「良かった」

ツインテールの少女はそう言って、あざとく両手を胸の前で合わせた。

「そういう人を探していたんです」

「……どういうこと？」

ショートパンツの少女だけではない。三人の少女は、訝《いぶか》しげな眼差《まなざ》しをツインテールの少女に向けている。

「顔役さんに紹介してもらいたいんですよ」

一方、ツインテールの少女は非友好的な視線を気にした風もなく、相変わらずにこにこと笑いながらショートパンツの少女の疑問に答えた。

「挨拶をさせて欲しくて」

「ああ……なる程ね」

納得の声を上げたのはミニスカートの少女だった。

ツインテールの少女はこの縄張りを仕切っている人間に――ヤクザとは限らない――仁義を通したいと言っているのだ。それはこの少女が素人《しろうと》ではない証拠であり、かつ縄張り荒らしはしないという意思の表明でもあった。

「感心な心掛けじゃない」

ワンピースの少女が上から目線でツインテールの少女に声を掛ける。

明らかに強がっているセリフにも、ツインテールの少女は「ありがとうございます」と低姿勢で応えた。

三人の少女の瞳から、警戒感が消える。

警戒感に替わって、同業者に対する親しみと新入りに対する倨傲《きよごう》が宿った。

「あたし、ミカ。あなたは？」

ミニスカートの少女の問い掛けに、

「あっ、申し遅れました。チホです。よろしくお願い致します」

ツインテールの少女、桜崎奈穂《おうざきなお》はそう名乗った。

ミニスカートの少女「ミカ」は、一人で奈穂《なお》を小さなナイトクラブへ案内した。

「ちょっと待っててね」

裏口で奈穂《なお》を待たせて、ミカがドアホンのボタンを押す。

（うわっ！　あれ、虹彩《こうさい》認証付きじゃない）

少し離れた所でそれを見ていた奈穂《なお》は、心の中で驚きの声を上げていた。

虹彩《こうさい》認識による本人確認は、今では余り一般的な認証システムではない。それは顔認証と同様に、高精細カメラを使えば離れた所から認識できてしまう、つまり無断で個人を特定できてしまうというプライバシー侵害が問題視され、設置が法令で規制されているからだ。

しかし逆に言えば、相手に意識させずにこっそり本人確認ができるということ。この点をメリットとして評価し、かつ法令に敬意を払わない種類の人々の間では、最初から一方的に虹彩《こうさい》認証を行うシステムが重宝されている。

（ただの少女売春組織にしては、大袈裟《おおげさ》だよね……）

心の中で「ようやく当たりを引いたかも」と考えている奈穂《なお》に、ドアホンで会話をしていたミカが振り向く。

「会ってくれるって」

「ありがとうございます」

奈穂《なお》はすかさず、ぺこりとお辞儀をした。そのまま、あたかも緊張しているように目を伏せる。虹彩《こうさい》認証システムの赤外線カメラを避ける為《ため》だ。その程度のことでパターン取得を完全に防げるわけではないが、全く無意味でもない。身許《みもと》秘匿の必要性は、訓練で散々教え込まれていた。

内側からロックを解除された扉を開けて、ミカが視線で奈穂《なお》を促す。

「……あの？」

ドアを押さえるだけで自分は中に入ろうとしないミカに、奈穂《なお》は小首を傾《かし》げて見せる。

「ごめん。あたしは呼ばれてないいんだ。一人で行って」

申し訳なさそうな顔でミカが言う。

「気にしないでください。案内、ありがとうございました」

実はミカが一緒にいない方が好都合だった奈穂《なお》は、笑みを控えめにして軽く頭を下げた。

◇◇◇

ナイトクラブに入っていく奈穂《なお》を、二人の男女が少し離れた所に駐めた車の中から見守っていた。

「上手《うま》く潜り込めたようですね」

「まだ的《まと》を確認できてもいねえよ」

女性は「ナッツ」こと榛有希《はしばみゆき》。男性は「クロコ」こと鰐塚単馬《わにづかたんば》。そして奈穂《なお》のコードネームは「シェル」。三人は殺し屋のチームだ。元々は有希《ゆき》と鰐塚《わにづか》のコンビで活動していたのだが、今年の春から奈穂《なお》が「殺し屋見習い」として仲間に加わったのだった。

「今回のターゲットは用心深いですからね。そう簡単に隙を見せません。だからシェルを送り込んだんでしょう?」

「さすがは軍人ってか。この仕事にシェルを使うつもりはなかったんだがな」

今回、有希《ゆき》が殺すように命じられた相手はこの街の基地に勤務する軍人で、名は米津《べいつ》大尉。

米津《べいつ》は鰐塚《わにづか》が言うように臆病なほど用心深く、仕事を請け負ってから既に二週間以上が経過しているが、有希《ゆき》は未《いま》だに仕掛ける機会を摑《つか》めずにいた。

米津《べいつ》大尉は基地の外にマンションを借りている。官舎ではなく、民間の賃貸マンションだ。基地の中で暮らしている軍人を的《まと》にするよりはチャンスが多いはず——仕事を請け負った時、有希《ゆき》はそう考えていた。

しかし米津《べいつ》の住居には、常に兵士の目が光っていた。それもどうやら護衛ではなく、米津《べいつ》は見張られている様子なのだ。「どうもおかしい」と会社に改めて調査を依頼したところ、米津《べいつ》大尉は陸軍内の権力闘争に敗れて、要注意人物として監視されているという新たな事実が判明した。

有希《ゆき》と鰐塚《わにづか》は「話が違う」と社長に抗議した。二人は「陸軍大尉の暗殺」としか聞いていなかったのだ。それ自体は嘘《うそ》でも何でもないのだが、ターゲットが軍の監視を受けているとなれば、難易度が桁違いに跳ね上がる。もし故意に隠していたなら、一種の詐欺と言って良い位だ。

無論社長は「自分も知らなかったことでわざとではなかった」と反駁《はんばく》したし、既に暗殺の依頼は受けてしまっている。今更中止にはできない。結局、期限を延ばしてもらえただけだった。

改めてターゲットの行動を洗い直した結果、どうやら秘密のお楽しみの時だけは監視が外れるようだ、と分かった。

監視側が遠慮するのではない。

監視の目が届かない隠れ家を米津《べいつ》が利用しているのだ。

無論、実力行使になれば軍の侵入を阻《はば》めるはずもないが、監視は公的な命令によるものではなく、謂《い》わば非合法活動として行われている。市街地で騒ぎになるのは、監視側にとっても都合が悪いという事情があった。

奈穂《なお》が入っていった店が、その「隠れ家」だ。あのナイトクラブはこの辺りの少女売春を仕切っている元締めの本拠地なのである。

単に見かじめ料を集めるだけでなく、上客に楽しんでもらう為《ため》の個室も備えている。そして米津《べいつ》は、あの店の「上客」だと分かっている。

「シェルのやつ、上手《うま》く切り抜けられるかな？」

有希《ゆき》の口調は淡々としたものだが、表情はかなり曇っていた。

鰐塚《わにづか》は、心配のしすぎだと笑わなかった。

「初顔にお得意様の相手はさせないと思いますが……、ターゲットの趣味が分かりませんからね。万が一、気に入られたら……、独りでは難しいかもしれません」

鰐塚《わにづか》の意見は、有希《ゆき》の懸念《けねん》と同じものだ。そして、そうなる可能性は低くないと有希《ゆき》は考えていた。少女趣味――性的な意味で――の男にとって、奈穂《なお》は理想的な容姿の持ち主と言えるからだ。

「……やっぱ、乗り込むか」

「危険ですよ？　ナッツだって、彼らの守備範囲なんですから」

鰐塚《わにづか》の言葉を聞いて、有希《ゆき》は嫌そうに顔を顰《しか》めた。中学生以下の少女を買《か》い漁《あさ》っているロリコンの守備範囲に入っていると認めるのは、たとえそれが限りなく事実に近いとしても、実年齢十九歳の有希《ゆき》には納得し難《がた》いことだった。

「……大丈夫だろ。わざわざ『紹介状』まで手に入れたんだ。表の商売で、取引先の顔を潰すような真似《まね》はしないだろ」

しかし自分でもそれを否定するのは難しかった。なので、別の理由を見付けてそこに触れるのを避けた。

「どうですかね。相手は本物のヤクザです」

「本業だからこそだよ。外国産なら仁義なんて気にしないかもしれないが、国産だったら軽々しく掟破《おきてやぶ》りはやらんだろ」

「そりゃあ、チャイニーズマフィアなんかに比べれば、無茶はしないでしょうけど」

「この稼業《かぎょう》、多少のリスクは付きものさ」

迷彩柄のロングカーディガン、ショートパンツ、Vネックシャツのセットアップで大人っぽく決めた——それでも実年齢より幼く見える——有希《ゆき》が、助手席のドアを開ける。

「慎重に行動してくださいよ」

運転席から掛けられた鰐塚《わにづか》の言葉に、車から降りた有希《ゆき》は背中を向けたまま片手を挙げて答えた。

◇◇◇

裏口の扉の向こう側には、黒服を着た男が立っていた。年齢は二十歳そこそこ、あるいは十代後半か。「付いてこい」という男の声に、奈穂《なお》は大人しく従った。

それほど大きな店ではない。無論、ナイトクラブだからショースペースはある。ダンスフロアも、そこそこの広さを確保している。

だから余計に裏が狭くなっているのだろう。裏口を入ってすぐの所に、地下と二階へ続く階段があった。

奈穂《なお》が案内されたのは、地下だ。抑えられた照明が、文字通りアングラな雰囲気を醸《かも》し出《だ》している。

殺し屋見習いとはいえ、奈穂《なお》は十五歳の女の子。性的な危機を匂わせる空気に、緊張感を覚えずにはいられない。

「須々木《すすき》さん、ヒロトです」

「入れ」

黒服は『ヒロト』というらしい。『ススキ』というのが、元締めの名前か。本名かどうかは分からない。奈穂《なお》には比較的、どうでも良《い》いことだった。

「失礼します」

良く躾《しつ》けられている感じで黒服が地下室のドアを開ける。

「入れ」

これはヒロトが奈穂《なお》に向けた言葉だ。

「失礼します……」

おどおどとした声と態度は、特に意識する必要はなかった。地下室には、奈穂《なお》を萎縮させる雰囲気が漂《ただよ》っていた。

とはいえ、立《た》ち竦《すく》んでしまう程ではない。奈穂《なお》は一歩入った所で予定どおり、子供っぽく頭を下げた。

「あの、チホです。ご挨拶に参りました」

「須々木《すすき》だ。もっと近くに来い」

奥のテーブルに座っていた細身の男が奈穂《なお》に応える。年齢は四十歳前後か。細身といっても貧弱な感じはしない。顔付きも身体《からだ》付きも、鋭さを感じさせる男だった。

「はい……」

躊躇《ためら》いがちに、だが相手を苛立《いらだ》たせないスピードで、奈穂《なお》が地下室の奥に進む。近付いたことで、須々木《すすき》の向かい側に座っている男の人相が明らかになった。
（ビンゴ）
奈穂《なお》が心の中で呟《つぶや》く。

元締めの向かい側に座って奈穂《なお》になめるような視線を向けている男性は、今回の仕事のターゲット、国防陸軍の米津《べいつ》大尉だった。

奈穂《なお》は敢《あ》えて、米津《べいつ》に目を向けた。そしてすぐに正面へ向き直り、目を伏せる。

須々木《すすき》が馬鹿にするような笑みを浮かべる。奈穂《なお》の仕草は、好色な視線に耐えられない生《き》娘《むすめ》を思わせるものだ。「こんなんで客が取れるのか」と少女売春の元締めは呆《あき》れたのだった。

「こういう仕事は初めてか？」

「は、はい。あの……この間まで愛人やってたんですけど、『パパ』が破産しちゃって」

「そりゃ、災難だったな」

奈穂《なお》の回答は、この仕事用に作った設定だ。幸い須々木《すすき》に、疑っている様子は無い。

「うちじゃ『パパ』の斡旋《あっせん》はやってないが、そっちの方が良《い》いんだったら仲介屋を紹介してやるぞ？」

「あっ、いえ、当分はフリーでお小遣い稼ぎができればなと……」

「そうか。まあ、好きにしな」

お座なりに頷《うなず》く須々木《すすき》に、奈穂《なお》は愛想笑《あいそわら》いで応えた。

「今日は帰って良いぞ。ここでやっていく詳しい条件はヒロトに聞け」

「ありがとうございます」

奈穂《なお》のほっとした声は、演技ではなかった。ここで「脱げ」と言われる状況も「味見させろ」と言われる状況も想定していたのだ。これは考え得る限り、最も都合の良《い》い展開だった。

「オーナー、少し良《い》いかな」

しかし、安心するのは早すぎたようだ。

「何ですか、カーネル」

（カーネル？）

「オーナー」とは須々木《すすき》のことだろう。ならば「カーネル」とは米津《べいつ》を指しているはずだ。

（「カーネル」って大佐のことよね？　大尉なのに「大佐」って呼ばせているの？）

奈穂《なお》は「厚かましい」と呆《あき》れた。彼女から見れば大尉でも十分高い地位だと思うのだが、どうやら米津《べいつ》は、今の階級に不満があるらしい。

(それにしたって「大佐」は背伸びしすぎじゃないかな……)

奈穂《なお》は米津《べいつ》に同情すら覚えた。

だが、この思考は一種の現実逃避だった。

「今夜はそちらのお嬢さんでどうだろうか?」

奈穂《なお》の顔が強張《こわば》る。米津《べいつ》の言葉が予想外だったのではない。予想はしていたが当たって欲しくない、でも十中八九外れない、と考えていたとおりの展開になった為《ため》だった。

「いきなりですか。実績の無い女に、カーネルのような上客の相手をさせたくないんですがね」

(そうだそうだ!)

奈穂《なお》は心の中で須々木《すすき》にエールを送った。

米津《べいつ》に買われるというのは、考えようによってはチャンスだ。仕事用の得物も持ってきている。

だがまだ逃走ルートの見当も付いていないのだ。上手《うま》く仕留められても、逃げ切れるビジョンが浮かばない。

「良《い》いじゃないか。ここでは、危ないことなど無いんだろう?」

「……そう言われちゃ、仕方ありませんね」

須々木《すすき》は頭をガリガリと掻《か》いて、奈穂《なお》をジロリと睨《にら》んだ。

「俺のシマで仕事をする条件だがな。ショバ代は一割で良《い》い。良心的だろう？　その代わり、俺が斡旋《あっせん》した仕事は断るな。逃げても構わねえが、そん時は二度とこのシマに近付かねえ方が良《い》いぞ」

そう言って、須々木《すすき》がニヤリと笑う。その笑顔は、「牙を剥《む》いて威嚇した」と表現した方が相応《ふさわ》しいものだった。

「……分かりました」

「よし。じゃあ、お前《めえ》の……ええっと、チホの初仕事だ。この方はカーネルと仰《おっしゃ》る。今夜は、この方が満足されるまでお相手しろ」

潜入に当たり、奈穂《なお》はSOSを送る発信器を持たされている。また有希《ゆき》は鰐塚《わにづか》と共に、すぐ近くで待機している手筈《てはず》になっていた。

しかし、有希《ゆき》は普通の人間ではないといっても、スーパーマンではない。いや、スーパーウーマンではない、と言うべきか。とにかく、呼んだからといって数秒、数十秒で飛んで来てくれる便利な存在ではない。

それにこれは、決定的なピンチというわけではなかった。危険に曝《さら》されているのはたかが自分の貞操でしかない。ハニートラップを仕掛けるなら、当然に甘受すべきリスクだ。

「……はい」

ここは、頷《うなず》くしかなかった。

◇　◇　◇

ナイトクラブでは紹介状の御蔭《おかげ》か、有希《ゆき》は無事コールガールに間違えられることなく、客として入店できた。

(うえっ……。ヤク入りじゃねえか)

ただ、注文したカルーアミルクには勝手に薬物が混ぜられていた。

(覚醒剤？　いや、興奮剤か？)

有希《ゆき》はほぼ完全な薬物耐性を持っている。人間の細胞を直接破壊するような薬品でもない限り、彼女には毒薬も麻薬も通用しない。

だから少量の媚薬を盛られたくらいで実害は受けないのだが、一服盛られていると分かっている酒を飲み干す程、酔狂ではなかった。

第一そんな真似《まね》をしたら、普通の人間ではないとバレてしまう。クスリが効いているふりをしても、玄人《くろうと》にはすぐに見抜かれてしまうだろう。彼女は自分の演技力を過信していなかった。

そんなわけで、有希《ゆき》はグラスに一度、口をつけただけですぐに席を立った。ダンスフロアでリズムに合わせて適当に身体《からだ》を動かす。彼女の経験上、黙って椅子に座っているより踊っていた方が余計なちょっかいを受けずに済む。

店内の視線が、有希《ゆき》へと集まってくる。技術的に見れば姿勢もステップもいい加減だが、そこらの若い娘とは素の運動能力が違う。

彼女の異能『身体強化《フィジカルブースト》』は肉体の強度、筋力、知覚能力、反応速度を引き上げるものだ。身体《からだ》の動かし方を自動的に補正してくれるものではない。

『身体強化《フィジカルブースト》』をフルに活《い》かす為《ため》、最初は自分も知らない内に両親から「忍び」の体術を仕込まれ、異能を自覚してからは自発的なトレーニングを欠かさず続けている。ちょっと踊り込んでいる程度の少女とでは、キレと躍動感が比べものにならない。体格は女性としても随分小柄だが、自信満々にダンスで絡《から》んできた百八十センチ越えの男を圧倒する存在感を有希《ゆき》は放っていた。

自分が目立っていることについては、有希《ゆき》は余り気にしていない。こういう場所では普通に目立っている方が疑われないと、これも経験上分かっているからだ。

有希《ゆき》は（彼女にとっては）準備運動程度に身体《からだ》を動かしながら、絡《から》んでくる男を適当にあしらって時間を潰していた。

（……奈穂《なお》のヤツ、本当に大丈夫なのか？）

彼女の意識は、ダンスにもナンパにも向いていない。鰐塚《わにづか》から掛かってくることになっている電話と、奈穂《なお》が送ってくるかもしれないSOSに、有希《ゆき》は神経を集中していた。

（まあ、「もしも」なんて無い方が良《い》いんだけどな）

こういうことを考えると、得てしてフラグになるものだ。

疲れてはいないが飽きてきたのでいったん座ろうか、と有希《ゆき》が考えた直後。

髪の下に隠した受信機が、奈穂《なお》のSOSをキャッチした。

◇　◇　◇

奈穂《なお》が連れて行かれたのは、地下二階の「座敷牢《ざしきろう》」だった。

鉄格子《てつごうし》を見た瞬間、彼女は心の中で「変態だ！」と叫び、強い危機感を覚えた。

その印象は間違っていなかった。実際に米津《べいつ》は変態だったし、奈穂《なお》はその毒牙《どくが》に掛かる一歩手前まで追い込まれた。

だが今、彼女は別種の、もっと深刻な危難に曝《さら》され、脱がされた服をかき集めて身体《からだ》を隠しただけの下着姿で畳の上にへたり込んでいる。

（えっ？　なに？　何が起こったの？）

目を見開き硬直した表情は、演技ではなかった。

鉄格子《てつごうし》の外には、黒服ならぬ黒シャツを着た若い男が二人、血溜《ちだ》まりの中に倒れていた。二人とも喉を切り裂かれている。確かめるまでもなく、即死だ。

あっと言う間の出来事だった。須々木《すすき》の手下が見ている前で——米津《べいつ》は見られている方が興奮する、本物の変態だった——服も靴下も剝ぎ取られて、残るはブラとショーツだけになったところで、その男は現れた。

声を上げる暇《いとま》も与えずに黒シャツ二人の喉を掻《か》き切り、へたり込んだ奈穂《なお》と尻餅をついた米津《べいつ》を見下ろす若者。

奈穂《なお》は迷わず、リボン型のチョーカーに仕込まれた発信器で助けを求めた。

このシチュエーションでは勝ち目がないと、一目で分かった。

得物の「傘」は靴やポシェットと共に鉄格子《てつごうし》の外だ。たとえ武器があっても、少なくとも十メートル以上離れなければ、自分では戦いにもならないだろう。

(こいつ……何者?)

無造作に手櫛《てぐし》を通しただけの短い髪。ジーンズにスニーカー、薄手のブルゾン。そこらでよく見掛ける格好だ。唯一アウトローらしいのは、夜にも拘《かか》わらずサングラスを掛けている点か。しかしそれだってファッションの範疇《はんちゅう》。身長も百七十センチ台半ばで、太っても痩せてもいない。総じて言えば、ごく平凡な外見だった。

だが断じて、素人《しろうと》ではあり得ない。仮に店の者を殺した手際《てぎわ》を見ていなくても、奈穂《なお》はそう思っただろう。刃渡り二十センチ程のナイフを手にした佇《たたず》まいだけで、ただ者ではないと感じ

させる。

しかし殺し屋とも、少し違う気がする。

(軍人……？　ううん、傭兵《ようへい》っぽい……)

奈穂《なお》の思考は、彼女が懐《いだ》いた印象を正確に言語化したものではなかった。彼女が感じたものを正確に表現するなら「脱走兵」だった。

狩る側であり、同時に狩られる側。奈穂《なお》は若者から、そんな切羽詰まった雰囲気を感じ取っていた。

「だ、誰だ⁉」

座ったまま壁際《かべぎわ》まで後退《あとずさ》った米津《べいつ》が裏返った声で誰何《すいか》する。軍人にしては肝が据わっていない、有り体に言って見苦しい態度だが、奈穂《なお》はそれを笑う気になれない。立ち上がれないのは彼女も同じだった。

ただ、その理由は少し違うかもしれない。

腰が抜けたのではない。奈穂《なお》が立ち上がれないのは、もっと差し迫った理由だった。

下手に動かない方が——動けるところを見せない方が良《い》い。

そう思わせる殺気を、この若い男は纏《まと》っていた。

若者は、ナイフを握る右手をだらりと下げて、奈穂《なお》と米津《べいつ》を見下ろしている。

「クロガネ」

若者が初めて、言葉を発した。ハスキーと言うより掠《かす》れた、若々しさに欠けた声音だ。老いではない。「生きるのに疲れた」というのとも少し違う。酷《ひど》く摩耗した心を映したような声だった。

（クロガネ……鉄《くろがね》？）

それはおそらく、「誰だ」という問いに対する答えだろう。

だが奈穂《なお》はそれを、若者個人の名前とは受け取らなかった。

「くろがね」という名前が珍しいからではない。青年の口調からそう感じたのだ。

「クロガネ……？　『鉄《くろがね》シリーズ』の脱走兵か⁉」

裏返ったままの声で、米津《べいつ》が叫ぶ。

（『鉄《くろがね》シリーズ』？）

何処《どこ》かで耳にしたことがある。奈穂《なお》はそう思った。

（聞いた感じ、調整体の名前なんだろうけど……）

この状況を打開する手掛かりにならないかと、何とか思い出そうとする奈穂《なお》の努力は、続く米津《べいつ》のセリフで中断してしまった。

「た、確か、若宮《わかみや》一等兵だったな⁉」

米津《べいつ》の言葉に、若者――若宮《わかみや》の表情が「おやっ？」という風に動く。

自分の名前を知られていることが、あるいは、米津《べいつ》が自分の名前を記憶していたことが意外だったのだろうか。

　だが若宮《わかみや》はすぐに、元の無表情に戻った。

「私に何をするつもりだ⁉」

　背中を壁に付けた状態で、なおも後退しようと無駄に足を動かしながら喚《わめ》く米津《べいつ》。

　若宮《わかみや》は無言で鉄格子《てつごうし》に歩み寄り、鍵の掛かっていない扉に手を掛けた。

「ひぃぃっ！」

　米津《べいつ》が悲鳴を漏らす。

「わ、私は、き、君たちの実験に関わっていないぞ！」

「……判を押しただろう？」

　若宮《わかみや》がぼそりと呟《つぶや》く。

　それで大体、奈穂《なお》は事情を察した。

（この人、実験台にされていたんだ……）

「手続き上のことだ！　私一人が反対しても、どうにもならなかった！」

（つまり賛成したってことじゃん）

　米津《べいつ》の言い訳に、奈穂《なお》は心の中でツッコミを入れる。

　調整体で脱走兵の若者は、何も口にしなかった。

　無言で足を踏み出し、

靴底で畳を蹴り、一気に距離を詰めて、ナイフを米津《べいつ》の喉に突き刺した。

「ひっ！」

奈穂《なお》の口から、自然に悲鳴が漏れた。

返り血を浴びないようにナイフを抜いた若宮《わかみや》が、奈穂《なお》へと振り向く。

一片の動揺も無い冷たい瞳を、座り込んだ姿勢のまま奈穂《なお》が見上げる。

（──殺される）

奈穂《なお》がそう思った、その時。

小柄な人影が、音も無くこの地下二階へ駆け込んできた。

◇　◇　◇

「クロコ！」

助けを求める合図をキャッチした有希《ゆき》は、ダンスフロアの一番うるさい場所に素早く移動して電話ではなく近距離無線で鰐塚《わにづか》を呼び出した。

『ナッツ。どうしました』

鰐塚《わにづか》の落ち着いた口調で、彼が状況を把握していないと理解する。

「奈穂《なお》からSOSだ。助けに行く」

盗み聞きされても良いように有希《ゆき》は、酔っ払いに絡《から》まれている友達を助けに行くかのような軽い口調で鰐塚《わにづか》に告げた。

『ちょっと待ってください！　状況を……』

「SOSだぞ。そんな暇《ひま》ねえよ」

有希《ゆき》は無線を切って、店の奥に早足で歩き出す。

ダンスフロアを抜けたところで、彼女は自らの気配を消した。

カウンターの奥にいた店員が「あれっ？」という表情を浮かべる。彼には、注文に来たのだろうと待ち構えていた女性客が、いきなり消えたように見えたのだ。

有希《ゆき》は「STAFF　ONLY」と表示された扉を手前に引いた。

鍵は掛かっていなかった。

（ハッ！　ザルだな）

幾ら裏口を厳重に警戒しても、中に入ってしまえばフリーパス。田舎ヤクザらしい間抜けさだ、と有希《ゆき》は心の中で嘲笑《あざわら》う。ここK市は全国的に見れば決して田舎ではないのだが、大都会の繁華街に巣くうマフィアを何度も相手にしている彼女からはそう見えるのだろう。

ただ、有希《ゆき》にとってはフリーパスかもしれないが、店員は一応扉を見張っていたのだ。目を向けても彼女に気付けなかっただけである。

隠形術《おんぎょうじゅつ》。

魔法ではない、忍《しのび》の技術。有希《ゆき》は、古式魔法である『忍術』は使えない。だが魔法と閨房術《けいぼうじゅつ》以外の忍《しのび》の技術は、高いレベルで身につけていた。特に小型の刃物を使った格闘術と隠形術《おんぎょうじゅつ》は現代に生きる忍者の中でも、もう一歩で超一流の域に届くレベルだ。街の喧嘩《けんか》自慢レベルに見破れるものではなかった。

彼女は気配を消したまま地下へ向かう。階段を二段下りたところで一瞬足を止め、さらにペースを上げた。

(血の臭い⁉)

足を止めたのは地下に蟠《わだかま》っていた血の臭いを嗅ぎ取ったからだ。

奈穂《なお》の身を案じて足を速めても、足音を消すのは忘れない。

地下一階で皆殺しの惨状を見ても、もう足を止めない。

有希《ゆき》は忍び寄る影と化して、奈穂《なお》が囚《とら》われている地下二階へ駆け込んだ。

そして彼女の足は、座敷牢《ざしきろう》を認識したところで止まった。

変態的性欲充足の舞台装置に呆《あき》れたのではない。——いや、呆《あき》れてはいたが、足を止めたのはそれが理由ではなかった。

(……こいつ、何者だ?)

奈穂《なお》を見下ろす若者、若宮《わかみや》が放つただならぬ気配に、警戒を余儀なくされたのである。

立ち姿に隙が無いわけではない。間に鉄格子《てつごうし》がなければ、若宮《わかみや》のナイフが奈穂《なお》に届く前に一撃を食らわせる見込みはあった。ただそうなった時、攻撃を仕掛けた自分が無事でいられるビジョンは浮かばなかった。

相手の身体《からだ》を刺した直後に、自分も刺される。そんな気がしてならなかった。

部屋の奥に転がる米津《べいつ》の死体には、この部屋に足を踏み入れたのと同時に気付いている。誰が殺したのか、状況は一目瞭然だ。犯人はこの青年以外にあり得ない。

（……金目当てじゃねえな）

こういう気配の持ち主を、有希《ゆき》は過去に見たことがある。

（復讐《ふくしゅう》か……？）

有希《ゆき》が知っている復讐者《ふくしゅうしゃ》はナイフではなく銃を手に取っていたが、怨《うら》みを晴らす為《ため》に我が身を捨てて人殺しを続けようとしていたその男と良く似た雰囲気を、目の前の若者は纏《まと》っていた。

「ナツさん！」

奈穂《なお》があらかじめ打ち合わせておいた偽名で有希《ゆき》を呼ぶ。

「チホ、大丈夫か⁉」

「平気です。ナツさんこそ、危ないから下がってください！」

有希《ゆき》が出入り口を塞ぐ位置から脇にずれる。

——目の前の男を刺激するな。

奈穂《なお》のセリフを、有希《ゆき》はそういう意味に解釈した。

奈穂《なお》を見下ろしていた若宮《わかみや》が顔を上げる。

彼はまず有希《ゆき》を見て、ドアを開け放したままの出入り口に視線を移した。

若宮《わかみや》に、有希《ゆき》を警戒している様子は無い。

彼は血に濡《ぬ》れたナイフを右手に持ったまま、鉄格子《てつごうし》の扉をくぐり、有希《ゆき》の横を通って部屋の外に出て行った。


階段を上る足音が聞こえなくなって、有希《ゆき》は座敷牢《ざしきろう》の中に入った。

同じく、足音が消えて警戒を解いた奈穂《なお》が服を着始めている。

有希《ゆき》は壁際《かべぎわ》で横向きに倒れた米津《べいつ》の側《そば》にしゃがみ込んで、喉の傷を検《あらた》めた。

「こいつは……」

眉を顰《ひそ》めた有希《ゆき》が小声で呟《つぶや》く。

「何かおかしなところでも？」

ワンピースのボタンを留《と》め終えた奈穂《なお》が、胸元のリボンを結びながら有希《ゆき》の背後に歩み寄って訊《たず》ねる。

有希《ゆき》は首を左右に振りながら立ち上がり、奈穂《なお》へと振り返った。

「ナイフの傷じゃねえな」

「えっ？　でもあたし、ナイフで刺したところを見ましたよ」

有希《ゆき》の言葉に、奈穂《なお》が不思議そうな顔で首を傾《かし》げる。

「どんなに鋭い刃を使っても、摩擦がゼロにならない以上、切ったり刺したりした方向に切り口が引きずられるもんだ。こいつの傷には、それが無い」

「剣の達人は、斬った相手が斬られたことに気付かないくらい、きれいに切断したそうですけど」

「あいにくあたしは、そんな達人に会ったことが無い。でも、こういう切り口を残すヤツならやり合ったことがある」

有希《ゆき》の言葉に、奈穂《なお》が興味津々《きょうみしんしん》の表情を見せた。

「どんな相手なんです？」

「魔法師だ。……これを見ろ」

奈穂《なお》が納得していない表情だったので、有希《ゆき》は説明を追加した。

「切り口《くち》の端《はし》が溶けたみたいになってるだろ？」

「……ほんとですね」

米津《べいつ》の死体に顔を近付けて喉の傷をのぞき込んだ奈穂《なお》が頷《うなず》く。

「これは『高周波ブレード』って魔法で斬られた傷の特徴だ」

「言われてみれば……あたしも教官から習ったのを思い出しました。じゃあ、さっきの男はやっぱり？」

「何か聞いたみたいだな。だが今はここからずらかるのが先だ」

「そうですね」

奈穂《なお》はそう言って、鉄格子《てつごうし》の外に出て靴を履きポシェットと傘を回収した。

「お待たせしました」

「忘れ物は無《ね》えな？」

奈穂《なお》が頷《うなず》くのを確認して、有希《ゆき》は階段へ向けて走り出した。

◇◇◇

運良く誰にも見咎《みとが》められずに、有希《ゆき》と奈穂《なお》はナイトクラブを脱出し鰐塚《わにづか》と合流を果たした。

「何があったんです？」

運転席の鰐塚《わにづか》から、心配しているというより、不安げな声で質問が飛ぶ。イレギュラーな事態が発生したと、戻ってきた二人の顔色から察したのだろう。

その問い掛けに有希《ゆき》が顔を顰《しか》める。しかし、それだけだ。彼女は答えを拒まなかった。

「的《まと》が横取りされた」

「横取り……？　他の殺し屋に殺《や》られたってことですか？」

「そうだ。的《まと》がくたばっちまったのは確認済みだ。不本意だが、この仕事は終わりだよ」

「それは、最悪ではありませんが……。会社が納得してくれると良《い》いですね。犯人は分かってるんですか？」

有希《ゆき》たちは少なくない対価を伴う仕事として殺しを請け負っている。ターゲットが死ねばそれで「めでたしめでたし」とは行かない。

クライアントは納得するかもしれないが、組織としては「殺すのが間に合わなかった」という事実を無視できない。少なくとも、どうしてそういうことになったのかをはっきりさせておく必要がある。

「殺《や》ったやつの顔は見たぜ。そいつの素性については、シェルがなんか聞いてるようだ」

仕事中のルールに従い、有希《ゆき》は奈穂《なお》をコードネームで呼んで彼女に目を向けた。

有希《ゆき》の視線に奈穂《なお》がコクリと頷《うなず》く。

「下手人とターゲットが交わした言葉を横で聞いていました。手を下した男の名は若宮《わかみや》。元一等兵の脱走兵みたいです。動機は怨恨《えんこん》で間違いないと思います。若宮《わかみや》一等兵は調整体で、軍の研究所で実験台にされていたようです」

「実験台にされた恨みか……」

有希《ゆき》が納得感を込めて呟《つぶや》く。

「その実験に米津《べいつ》が関わっていたと？」

「少なくとも、実験の実施を承認する立場ではあったようです。『判を押した』と言っていましたから」

鰐塚《わにづか》の疑問に奈穂《なお》が答える。鰐塚《わにづか》はその説明に満足したようだ。それ以上の疑問は口にしなかった。

「……そういう事情なら、社長も納得してくれるかもしれませんね。正当な復讐《ふくしゅう》の邪魔は社長のポリシーに反しますから」

自分に言い聞かせるような鰐塚《わにづか》の呟《つぶや》きに、

「そうあって欲しいぜ……」

有希《ゆき》は心からの相槌《あいづち》を打った。

［1］

二〇九六年十月六日、十月最初の土曜日。

時刻は既に昼前だが、有希《ゆき》はパジャマのまま自宅のダイニングテーブルに左頬をくっつける体勢で突っ伏していた。

その鼻先に、奈穂《なお》が熱いコンレーチェ（ミルク、蜂蜜入りコーヒー）のカップを置く。

有希《ゆき》はテーブルに顔をつけた格好のまま片手を上げて奈穂《なお》に謝意を示した。

「もうっ……有希《ゆき》さん、だらしないですよ」

「昨日の説教で疲れてんだよ。何とかお咎《とが》め無しに持ち込んだが、仕事より疲れたぜ……」

彼女たちは昨晩、あれから会社に戻って、ターゲットを横取りされた経緯を社長と専務に報告した。社長は予想どおり、有希《ゆき》たちの説明に理解を示したが、専務はそう簡単に納得しなかった。

相手にどんな事情があろうと仕事を完遂できなかったことに変わりはない、という態度を中々崩そうとしなかった。ましてやその相手が掟破《おきてやぶ》りで有名な業界の札付きとあっては尚更《なおさら》だった。

有希《ゆき》も鰐塚《わにづか》も知らなかったことだが、昨晩の若宮《わかみや》脱走兵はここ一年程、『リッパー』というコードネームで縄張り荒らしを繰り返している悪名高いフリーランスだった。

最後には「話を聞く限り『リッパー』の介入を阻止できる状況ではなかったと思われる。榛《はしばみ》君の失態とするのは酷ではないか」という社長の裁定で有希《ゆき》と鰐塚《わにづか》は無罪放免となった。

だが、そこに至るまでの弁明で、二人共へとへとになったのだった。

なお、その場に奈穂《なお》はいなかった。彼女は有希《ゆき》たちと弁明の労苦を分かち合っていない。

それも当然で、奈穂《なお》はチームの一員ではあるが亜貿社《あぼうしゃ》の従業員ではない。亜貿社《あぼうしゃ》役員から譴《けん》責《せき》を受ける筋合いはゼロ。

しかし、当然とはいえ自分だけ被災を免《まぬが》れたことに後ろめたさは覚えていて、だから今日は有希《ゆき》の自堕落をある程度容認していた。しかし、それも限界だった。

「そうは言っても、そろそろお昼ですよ！　せっかくお食事を用意したのに何時《いつ》までも片付かないじゃないですか」

「朝飯なら、いらん……」

「ブランチです！　食べなかったら昼食も抜きですから！」

「それは……困る……」

そう言いながら、有希《ゆき》はノロノロと身体《からだ》を起こした。本音では腹を空かせていたのである。

彼女はコンレーチェのカップを摑《つか》んで中身をグッと飲み干した。

「にがっ……」

そして、小さなおくびの後、ボソッと呟《つぶや》く。

それを耳にした奈穂《なお》は、ポーカーフェイスを維持しようとして失敗した。

コンレーチェは有希《ゆき》の味覚に合わせた、普通の人間には甘すぎて飲めない代物だったはずなのだ。奈穂《なお》は有希《ゆき》に昨日も同じ物を出したのだが、「苦い」とは言われなかった。今日の有希《ゆき》はいつにも増して甘党であるようだ。

「有希《ゆき》さんっ、テーブルで二度寝しないでください！　お食事ですよ」

再びテーブルに沈み込みそうになった有希《ゆき》を叱りつけ、奈穂《なお》がテキパキとお皿を運ぶ。

甘い匂いがダイニングに広がる。メープルシロップをつけて焼いた白身魚が有希《ゆき》の食欲を刺激した。有希《ゆき》は真《ま》っ直《す》ぐ座り直して箸を手に取った。

お椀《わん》の中身は玄米だ。奈穂《なお》の最近のブームで、さすがにこれは甘くない。

有希《ゆき》はガツガツと料理を口に運び始めた。

そのまま速いペースでお皿を空にしていく。

「ご馳走《ちそう》さん」

有希《ゆき》が手を合わせ、奈穂《なお》が「お粗末様でした」と応じたちょうどその時、壁に取り付けられたヴィジホンの着信音が鳴った。

奈穂《なお》がコンソールに駆け寄り発信人を確認する。

「誰からだ？」

振り返った有希《ゆき》に、奈穂《なお》は神妙な表情で「文弥《ふみや》さまでです」と応えた。

有希《ゆき》が顔を顰《しか》めて、乱暴な手付きで自分の口の周りを拭う。ナプキンをテーブルに放り投げ、有希《ゆき》は椅子ごと身体《からだ》の向きを変えた。

「……よし、つないでくれ」

奈穂《なお》がコクンと頷《うなず》き、コンソールを操作する。

四十インチのディスプレイが中性的な美少年の顔を映し出した。

『やあ、有希《ゆき》。食事中だった？　邪魔したかな？』

有希《ゆき》の口から小さな舌打ちが漏れる。口の周りに汚れは残っていないはずだが、使用済みの食器がカメラに映ったのだろうか？

「ちょうど終わったところだから構わねえよ。仕事か？」

有希《ゆき》は無駄話をせず、そう訊《たず》ねた。

『仕事だ』

文弥《ふみや》も端的な答えを返す。文弥《ふみや》と有希《ゆき》は世間話をするような間柄ではないので、当然の反応と言えた。

「文弥《ふみや》の仕事ってえと、あの人絡《がら》みか？」

『そうだよ』

有希《ゆき》が嫌そうに顔を顰《しか》めた。過去、痛い目にあった記憶から、有希《ゆき》は「あの人」こと司波達《しばたつ》也《や》に苦手意識を持っている。いや、本能的恐怖と表現する方が妥当かもしれない。

『ただ今回は達也《たつや》兄さんの周囲を見張る必要は無い。処理する相手は決まっている』

「珍しいな。『処理』することも決まっているのか」

『達也《たつや》兄さんも僕も、別件で忙しい。余計な雑魚《ざこ》に関わっている暇は無い』

「お、おう……。そうか」

文弥《ふみや》らしからぬ冷酷な物言いに有希《ゆき》が鼻白んだ。

『ターゲットは国防陸軍の多中《たなか》少佐、石猪《いしい》少尉、そしてUSNAの新興軍需企業「サムウェイナームズ」のエージェント、ナオミ・サミュエル。詳しいデータはファイルで送る』

文弥《ふみや》は有希《ゆき》の反応に構わず、手早く用件を告げた。

「分かった。一応訊《き》いとくが、こいつらを殺《や》る理由はあの人を狙っているから、ってことで良《い》いんだな？」

『そうだよ。詳しい経緯も今から送るファイルを見てくれ』

「了解だ」

『今回の仕事は有希《ゆき》個人に対する依頼であると同時に、亜貿社《あぼうしや》に対する依頼でもある。社長からも話があると思うよ』

「おいっ、ちょっと待て。そりゃあ、会社にも依頼を出したという意味か？」

『この案件を僕たちがそれだけ重視しているってことだ。そう理解してくれ』

「……あたしに拒否権は？」

『そんなもの、あるわけがない』

「そうだよなぁ……」

ため息を吐く有希《ゆき》に、文弥《ふみや》は頷《うなず》きながら「じゃあ、よろしく頼むよ」と言い残して電話を切った。

「厄介事の匂いがプンプンしやがる……」

ブラックアウトした画面を睨《にら》みながら有希《ゆき》が思わず愚痴をこぼす。

「文弥《ふみや》さまがわざわざ有希《ゆき》さんに依頼を出した時点で、厄介な案件なのは確定では？」

その独り言に、奈穂《なお》が身も蓋もない意見を返した。

有希《ゆき》が苦虫を噛《か》み潰《つぶ》す。分かっていてもオブラートに包まず指摘されては面白くない。有希《ゆき》は「……空気を読めよ」という気分だった。

「データファイルは届いているか？」

しかし、実際に口にしたのはこれだった。明言しないからこそ「空気」であって「空気を読め」という言葉は、実際に口から出た瞬間、おそらく最も「空気が読めていない」セリフに早変わりする。「空気」が読める有希《ゆき》はそれを避けたのだった。

「はい、着信済みです。デコードしますか？」

しかし、奈穂《なお》の回答に有希《ゆき》の意識は完全な仕事モードに切り替わった。

「頼む」

「はい。お待ちください」

有希《ゆき》の短い指示を受けて、奈穂《なお》は復号機《デコーダー》にデータをダウンロードした記憶媒体をセットした。受信機と復号機《デコーダー》を直接つながないのは平文化されたデータの流出を万が一にも避ける為《ため》だ。

奈穂《なお》はデコードが完了した記憶媒体を復号機《デコーダー》から取り出し、タブレット端末に差し込んで有希《ゆき》に手渡した。

有希《ゆき》は早速、端末に電源を入れ、ファイルに目を通す。そしていきなり「なにっ⁉」と声を上げた。

有希《ゆき》が漏らした驚きに、奈穂《なお》が大して反応を示さなかったのは、デコーダーのモニターで内容をあらかじめ見ていたからだろう。

「こいつら、米津《べいつ》の仲間か⁉」

「そうみたいですね」

有希《ゆき》が張り上げた声に、奈穂《なお》は淡泊な口調で相槌《あいづち》を打った。奈穂《なお》も意外感を覚えていないわけではない。

「どういうことだ……？」

「単なる偶然では？」

ただ彼女はそこに偶然以上のものを感じなかった。その点が奈穂《なお》と有希《ゆき》の違いだった。

「偶然……なのか？」

「文弥《ふみや》さまには、依頼を分けるなんて面倒な真似《まね》をする動機は無いと思いますが」

「……そりゃそうか」

奈穂《なお》の冷静な指摘に、有希《ゆき》の疑心暗鬼もすぐに晴れたようだ。

彼女は一時的な混乱から脱すると、別の理由で頭を抱えた。

「米津《べいつ》の仲間ってことは、ヤツと同じように監視されているんじゃないか……？」

「……その可能性は高いと思います」

有希《ゆき》の自問に、奈穂《なお》が同じように暗い表情で肯定を返す。

「難しい仕事になりそうだな……」

有希《ゆき》がうんざりした顔でため息を吐いた。

◇◇◇

「そもそも、どういう経緯で国防軍の士官があの人を狙うんですか？」

有希《ゆき》のマンションに呼び出された鰐塚《わにづか》がことのあらましを聞いて、まず口にしたのはこの疑問だった。

「兵器実験の邪魔をされたから、らしいぜ。あたしもいまいちよく分からん。詳しくは、自分で読んでくれ」

そう言って有希《ゆき》は、鰐塚《わにづか》にタブレット端末を渡す。

鰐塚《わにづか》は文弥《ふみや》から送られてきたデータファイルに無言で目を通し始めた。

「……確かによく分からない話ですねぇ」

そして、独り言のようにそう漏らして顔を上げた。

「ターゲットの二人、米津《べいつ》大尉も含めれば三人は酒井《さかい》大佐をリーダーとする対大亜連合《だいあれんごう》強硬派グループに属していて、酒井《さかい》大佐は国防軍内の主導権争いに敗れたが、残党はまだ巻き返しを狙っている。――米津《べいつ》大尉が監視されていたのはそういう訳だったんですね。ここまでは納得できます」

「そうだな」

鰐塚《わにづか》のセリフに有希《ゆき》が相槌《あいづち》を打つ。鰐塚《わにづか》は有希《ゆき》に目で頷《うなず》いた。

「しかし、そこから先が理解できません。酒井《さかい》大佐は九校戦を舞台にした新兵器実験がきっかけで失脚？　高校生の競技会が行われている所で新兵器をテストしたんですか？　意味が分かりません」

「あたしもそう思うよ」

「そして、新兵器のテストが失敗したのは『摩醯首羅《まけいしゅら》』の異名を持つ魔法師に邪魔されたからで、『摩醯首羅《まけいしゅら》』の正体があの人だと分かったので報復の為《ため》に暗殺を企てた、ですか？　酒井《さかい》大佐の失脚と新兵器実験の失敗に直接の因果関係は無いようですが。あの人を暗殺することが何故《なぜ》復仇《ふっきゅう》につながるんでしょう？」

鰐塚《わにづか》の困惑しきった声に、有希《ゆき》は大きく頷《うなず》いた。

「こいつら、何を考えてんだろうな……？　ところでクロコ」

「何ですか、ナッツ」

「『摩醯首羅《まけいしゅら》』って何だ？」

本題から見ればどうでも良《い》い有希《ゆき》の質問に、鰐塚《わにづか》は脱力した愛想笑《あいそわら》いを返した。

「摩醯首羅《まけいしゅら》というのはヒンズー教の主神の一柱、シヴァ神の別名ですよ」

「シヴァ神ってえと、破壊の神だったな？」

「まぁ、大雑把に言うとそうですね」

「破壊神か……あの人にぴったりだな」

有希《ゆき》のコメントに、鰐塚《わにづか》は曖昧に笑うだけで肯定も否定も返さなかった。

「ところで、多中《たなか》少佐たちは『摩醯首羅《まけいしゅら》』の正体があの人だと、どうやって特定したのでしょうか？　新兵器のテストを邪魔するくらいですから、素性は隠していたはずですよね？」

「分からん。同じ国防軍だ。どっかにデータが残っていたんじゃないか。あの人がみすみす尻尾を掴《つか》ませるようなドジを踏むとは思えん」

「……そんなところですかね」

「どうでも良《い》いじゃねえか。あたしたちがやることは一つだ。どうにかして監視の目をかいくぐり、多中《たなか》と石猪《いしい》、そしてナオミとかいう女をぶち殺す。それだけだ」

有希《ゆき》の言葉に鰐塚《わにづか》がため息を吐きながら頷《うなず》く。

「……そうですね。まず、多中《たなか》少佐と石猪《いしい》少尉の行動パターンを洗い直してみます」

「ああ、頼む」

有希《ゆき》が頷《うなず》きを返す。

それを合図に、鰐塚《わにづか》は温《ぬる》くなったコーヒーを一気に飲み干しダイニングテーブルの席を立った。

◇◇◇

組織内の権力闘争に敗れたからといって、仕事が無くなるというわけではない。国防軍はただ飯を食わせてくれるような、甘い組織ではなかった。

多中《たなか》少佐は石猪《いしい》少尉と共に、現在K市の基地で補給物資の評価を担当している。あくまでも担当しているだけで、決定権は無いから利権とは無縁だ。

元々多中《たなか》も石猪《いしい》も兵站《へいたん》業務に携わっていた後方勤務の士官だ。所属派閥が没落しても、権限を奪われただけで仕事内容は余り変わっていない。

土曜日にも拘《かか》わらず、この日は多中《たなか》少佐の許《もと》をＵＳＮＡの軍需企業のエージェントが訪ねてきていた。『サムウェイナームズ』という、この業界では新興の企業で日本での納入実績はまだ無い。

新規取引を獲得する為《ため》に、企業のエージェントが兵站係《へいたんがかり》の許《もと》へ売り込みに来るのは別段不自然なことでは無い。今の多中《たなか》には少佐の地位に相応《ふさわ》しい権限は無いが、実績の無い企業のセールスマンがいきなり責任者に会うのではなく実務者に狙いを定めるというのもありがちだ。『サムウェイナームズ』のエージェント、『ナオミ・サミュエル』と多中《たなか》の接触を怪しむ者は少なかった。

しかし実態はといえば、ナオミは商談に来たのではなかった。別件で多中《たなか》に呼び出されたのである。

「昨夜、米津《べいつ》が殺された……」

多中《たなか》が切り出したセリフに、ナオミは驚きを露《あら》わにした。

「米津《べいつ》大尉が？　犯人は捕らえたのですか？」

その表情が本気か演技か、多中《たなか》には判別が付かなかった。

「いや、まだだ。何者なのかも分かっていない。ただ致命傷となった傷は、『高周波ブレード』によるものだということは判明している」

「犯人は魔法師だと？」

「物理技術的に高周波ブレードが実現しているなら話は別だが」

「……いえ。魔法を用いない高周波ブレードが開発されたという情報はありません」

「ならば米津《べいつ》は魔法師の手に掛かったのだ」

多中《たなか》はいったん言葉を切って、暗い眼差《まなざ》しをナオミに向けた。

「ミズ・サミュエル。貴女《あなた》は『摩醯首羅《まけいしゆら》』の正体がＦＬＴ役員の息子、司波達也《しばたつや》であり、彼を暗殺するべきだと我々に勧めたな？」

「ええ。その件はご納得いただいた上で、ご了解を得ているものと認識しています」

「確かにそうだ。司波達也《しばたつや》暗殺については、私自身の意思で賛同した。……しかしこれは、偶然なのか？」

「と、仰《おつしや》いますと？」

「強力な戦闘魔法師である『摩醯首羅《まけいしゆら》』の暗殺を決めた直後、米津《べいつ》が魔法師の手に掛かったのは偶然なのか？　という意味だ」

「我々の司波達也《しばたつや》暗殺計画が漏洩《ろうえい》して先手を打たれたと？　あり得ません。考えすぎです」

「しかし、タイミングが合いすぎている」

「偶然の一致です。そもそも、暗殺すると決めただけで具体的にはまだ何もしていないではありませんか」

「それはそうだが……」

ナオミの言葉に、多中《たなか》は一応納得したような応えを返したが、心からのものでないのは明らかだった。

相手の小心ぶりにナオミは心の中でため息を吐き、顔は誠実そうな表情を取り繕った。

「それでは、暗殺をいったん棚上げにしますか？　時間は閣下の敵です。時が経《た》てば経《た》つ程、閣下のお命は危うくなりますよ？」

丁寧な口調に包《くる》まれた脅し文句に、多中《たなか》は身を震わせた。

「そ、そもそも『摩醯首羅《まけいしゅら》』の一派が我々を暗殺しようとしているという情報は、確かなのかね？　今更私を殺しても、意味は無いはずだ」

「『摩醯首羅《まけいしゅら》』の正体も彼らの企ても、『七賢人』からもたらされた情報です。『七賢人』が何者なのかは不明ですが、彼らからリークされた情報はこれまで常に正確でした。今回に限って疑う理由はありません」

「むぅ……」

「現在、司波達也《しばたつや》は横浜華僑《よこはまかきょう》・周公瑾《しゅうこうきん》の追跡に当たっています。これも『七賢人』の情報のとおりでした」

「……そうか」

多中《たなか》の呟《つぶや》きには、観念したような響きがあった。

それでも覚悟が決まらない多中《たなか》を見て、ナオミは口調を和らげた。

「閣下。護衛を強化しては如何《いかが》でしょう？」

「しかし、今の私が司令部に護衛を要請しても……」

自分が厄介者である自覚がある多中《たなか》は、弱々しい口調で反論する。

「護衛として申請するのではなく、亡《な》くなられた米津《べいつ》大尉の補充として護衛が務まる兵士を指名するのですよ」

「なるほど……。兵卒であれば、今の私の権限でも何とかなる。しかし、そんなに都合の良《い》い兵士が……」

「隣の研究所に、かつて閣下が目を掛けられた実験体が飼い殺しになっているはずですが」

「仲間《なかま》一等兵のことか⁉」

仲間杏奈《なかまあんな》一等兵。彼女は四年前、フィリピンから小型船で密航した不法入国者の一人だった。日本政府は同じ船で入国したフィリピン人を難民として受け容《うい》れたが、日本人の父親を持つという少女の帰化申請は血縁を証明できないという理由で却下した。そんな中、先祖に日本人がいるという本人の主張を盾に仲間杏奈《なかまあんな》、当時のアンナ・サントスの帰化を強引に認めさせたのは多中《たなか》だった。

無論、人道的な動機によるものではない。

アンナ・サントスの魔法師としての資質に目を付けたのだ。

多中《たなか》は帰化手続きが完了し、『仲間杏奈《なかまあんな》』となった彼女を国防軍に引きずり込み、魔法師強化施設に送り込んだ。

軍の実験体となったのは、全く杏奈《あんな》の自発的意思ではなかったが、密入国時点で孤児だった彼女は、日本で暮らしていく為《ため》の確かな立場を自分に与えてくれた多中《たなか》に恩義から来る忠誠心を懐《いだ》いていた。

もっとも、今の杏奈《あんな》は実験の一環でマインドコントロールされているので、誰であろうと命令には無条件で服従するのだが。

「実験体『石化の魔女』。対人戦闘能力はかなり高いとうかがっています」

「そうだな。彼女を従卒として配属するよう、早速掛け合ってみよう」

「ええ、それがよろしいでしょう」

懸念《けねん》が薄れてホッとした様子を隠そうともしない多中《たなか》の小者ぶりに呆《あき》れている内心を露程も見せず、ナオミは笑顔で相槌《あいづち》を打った。

［2］

十月七日、日曜日。時刻は既に正午を過ぎているが、有希《ゆき》は自宅マンションのダイニングでだらだらしていた。

「有希《ゆき》さん！　お仕事しなくて良いんですか？」

エプロンを着けフライパン返しを右手に持った奈穂《なお》が、咎《とが》める口調で有希《ゆき》に話し掛ける。

「的《まと》の情報が集まらなければ、計画も立てられないだろ」

有希《ゆき》はテーブルに頰を付けたまま、頭上の虫を追い払うような手付きでひらひらと手を振りながら、やる気の無い声で答えた。

「ターゲットの情報が必要なんだったら、ご自分で偵察に行けば良いんじゃないんですか？」

「情報収集はクロコの仕事だ。餅は餅屋って言うだろ？　あたしが的《まと》の周りをうろうろしたって、ろくな情報は手に入らねえよ」

「家でだらだらしているより有意義だと思いますけど」

「顔を覚えられでもしたら、逆効果じゃないか」

あくまでもダイニングテーブルの前を動こうとしない有希《ゆき》に、奈穂《なお》は「やれやれ」とばかり肩を竦《すく》めてキッチンに戻った。

「奈穂《なお》、メシはまだかぁ？」

その背中を、有希《ゆき》のお気楽な声が追い掛ける。

「もう少し待ってください！」

答える奈穂《なお》の口調には苛立《いらだ》ちが混入していた。

だが彼女の前には、既に盛り付けが終わった二人分のお皿が並んでいた。

◇◇◇

気が抜けているように見える暗殺者側に対して、狙われている側の行動には緊張感がうかがわれた。ターゲットの一人、石猪《いしい》少尉はK市と副都心の中間の街で商談の待ち合わせをしている所だった。

個室ではなく敢《あ》えて普通の喫茶店でコーヒーをお代わりしながら待つこと二十分、彼は二十歳過ぎの若い女性が自分の席に近づいているのに気付いて顔を上げた。

「お待たせしました。イシイさんですよね？」

彼女はあらかじめ伝えておいた石猪《いしい》の服装をチェックしながら、彼に訊《たず》ねた。

目印にと教えられた真っ赤なメタルフレームのサングラスを掛けているから彼女が商談の相手であることは間違いないだろう。

ただ、都心のショッピング街が似合いそうな垢抜《あかぬ》けたファッションとすらりとしたスタイルが、業界に対して石猪《いしい》が懐《いだ》いていたイメージに反していた。

「貴女《あなた》が『アニー』？」

「はい。私が『アニー』です。あいにくと名刺は作っておりませんが」

その女は、冗談のような口調で石猪《いしい》の問い掛けに答えた。

「信じられませんか？」

「あっ、いえ……予想と違っていたものですから」

若い女──『アニー』の反問に、石猪《いしい》は慌てて首を横に振った。

「イメージじゃないとよく言われます」

アニーがサングラスをずらしてクスッと笑う。若い娘の華やかな笑みに、石猪《いしい》は別の意味で緊張を覚えた。素顔はともかく、メイクした彼女は十人中八人が認めるであろう美女だった。

「そろそろ、お話しをうかがってもよろしいですか？」

サングラスを掛け直し石猪《いしい》の向かい側に腰を下ろしたアニーが、小声で問い掛ける。

石猪《いしい》は意識を引き締め雑念を振り払って「ええ」と頷《うなず》いた。

「私を呼ばれたということは、そういうご依頼だということで間違いございませんね？」

アニーの質問を、石猪《いしい》は首を縦に振って肯定する。

「具体的に、ヘッドハンティングしたい相手は誰ですか？」

アニーが口にした「ヘッドハンティング」は、言うまでもなく一般的な意味ではない。

他の客の耳を気にした隠語だ。「外部人材のスカウト」のことではなく、「ヘッド」＝「頭」を「ハンティング」＝「狩る」、「ヘッドハンティング」で「頭を狩る」、つまり「殺す」という意味で使っている。

「国立魔法大学付属第一高校二年生、司波《しば》達也《たつや》」

「高校生ですか！？」

石猪《いしい》の回答に、アニーが驚きの声を上げる。彼女の口調や表情は、わざとらしくはなかったが、少々大袈裟《おおげさ》だった。

「できないのかね？」

「いえ、その様なことは」

驚いたのが本気にせよ演技にせよ、石猪《いしい》の探るような問い掛けにアニーはすぐさま頭《かぶり》を振った。

「では、最後に一つ確認です。仲介業者からもご説明したと思いますが、国防軍関係者に対するヘッドハンティングはお引き受けできません。ターゲットは軍の関係者に該当しませんね？」

「もちろんだ。該当しない」

アニーの質問に、石猪《いしい》は即答で「否」を返した。

「結構です。では前金で半額を仲介業者にお支払いください。入金を確認次第、仕事に取り掛かります」

アニーはそう言って、石猪《いしい》にニコッと笑い掛けた。

「よろしく頼む」

石猪《いしい》はそう言って、そそくさと席を立った。

◇　◇　◇

その夜、石猪《いしい》は多中《たなか》のマンションを訪れていた。

リビングのソファに座る多中《たなか》の背後には、仲間《なかま》杏奈《あんな》一等兵が控えていた。

杏奈《あんな》は二十一歳になったばかり。容姿も悪くない。マインドコントロールされているので、大抵の命令には逆らわないだろう。

だが石猪《いしい》は、上官が色っぽい目的で彼女を側に置いているのではないと知っていた。

「座れ、少尉」

「ハッ、失礼します」

気安い態度で着座を勧める多中《たなか》の言葉に、石猪《いしい》は無用な遠慮をしなかった。

多中《たなか》の正面に腰を下ろした石猪《いしい》の前に、杏奈《あんな》がグラスを置く。グラスの中身は多中《たなか》が呑《の》んでいるのと同じウイスキーの水割りだった。

いだ。

「頂戴します」

石猪《いしい》がグラスに口を付ける。これは、喉が渇いていたからではなく、多中《たなか》に対して逆心を懐《いだ》ていないことを示すセレモニーだった。上官の猜疑《さいぎ》心の強さを、石猪《いしい》は良く心得ていた。

案の定、出された飲み物を躊躇無《ちゆうちよな》く口にした部下を見て、多中《たなか》少佐が纏《まと》う空気は少し和らい

「首尾を聞こう」

「ハッ。予定どおり本日一三三〇、情報屋が斡旋《あつせん》したスナイパーに接触し暗殺を依頼。応諾を得ました」

「信頼できるのか？」

「正直な印象を申し上げますと、余り頼りになるようには見えませんでした。二十歳過ぎの若い女でしたし……。ただ彼女の指には豊富な射撃経験を示す明確な痕跡がありました。また、仲介に使った情報屋は過去に何度も取引の実績がある相手です。技術的には信頼しても良いと判断しました」

「重要なのは腕ではないぞ」

「プロフェッショナルとしての信頼性ですね」

どんな業界にも言えることだが、取引は信用第一だ。特に非合法分野は司法の保護を受けられない分、信用が余計に重視される。

「そちらも問題無いと思われます。本日会った相手は隠しておりましたが、暗殺結社『亜貿《あぼう》社《しゃ》』所属のスナイパーであると調べはついております。『亜貿社《あぼうしゃ》』は主に政治的暗殺の分野で十分な実績を持つ結社です」

「『亜貿社《あぼうしゃ》』の名は私も耳にしたことがある」

石猪《いしい》の説明に、多中《たなか》が初めて満足げな表情を見せる。

「それならば、暗殺の成否は別にして、背信を警戒する必要はあるまい。石猪《いしい》、ご苦労だったな」

多中《たなか》少佐の心情は、話している相手に対する呼び掛けが「少尉」から「石猪《いしい》」に変わったことからもうかがわれる。

「恐縮です」

それを敏感に察した石猪《いしい》の顔にも、ホッとした表情が浮かんだ。

◇　◇　◇

鰐塚《わにづか》が有希《ゆき》のマンションを訪れたのは、火曜日の夜のことだった。

三日ぶりに顔を見せた相棒に、有希《ゆき》は早速質問を浴びせた。

「どうだった？　調べは付いたか？」

「的《まと》の行動パターンは大体分かりましたが……、難しいですね」

「難しいのか？」

顔を顰《しか》めて鸚鵡《おうむ》返《がえ》しに訊《たず》ねた有希《ゆき》に、鰐塚《わにづか》は同じような表情で頷《うなず》いた。

「石猪《いしい》少尉の方はまだ、付け入る隙があります。ですが、多中《たなか》少佐の方は先日の米津《べいつ》以上に厄介です」

「予想はしていたが、あれ以上かよ……」

有希《ゆき》が天井を仰いでぼやく。

鰐塚《わにづか》は気休めを口にしなかった。

「とにかく、監視がきついですね。張り付いている監視の目をかいくぐるのが難しい上に、専属の護衛と思われる者がついています」

「護衛？　手強《てごわ》そうか？」

「ナッツと同じくらいの年頃の女性ですが、間違いなく軍人です。そしておそらく魔法師でしょう」

「軍人で魔法師か……。手練《てだ》れなんだろうな」

「おそらく」

有希《ゆき》と鰐塚《わにづか》の口から、同時にため息が漏れる。気を取り直したのは、鰐塚《わにづか》が先だった。

「遠距離からの狙撃か、さもなくば一か八かの強襲《アタック》しか手は無いと思います」

「リスク度外視の突撃は論外だ。そうなると、奈穂《なお》の魔法頼りか……」

有希《ゆき》が渋い声で呟《つぶや》く。

「いえ、シェルの魔法では距離が足りません。少なくとも三百メートルは欲しいですね」

しかしそれさえも鰐塚《わにづか》は否定した。

「あたしたちだけでは手詰まりってことか？」

「ええ、残念ながら」

有希《ゆき》と鰐塚《わにづか》は顔を見合わせて、再び、深々とため息を吐いた。

そんな二人の前に、奈穂《なお》が二人分のコーヒーカップを置く。

「でしたら、亜貿社《あぼうしゃ》からスナイパーを派遣してもらえば良いのでは？　今回の案件は有希《ゆき》さんだけでなく会社にも依頼すると文弥《ふみや》さまは仰《おつしや》っていましたよ？」

奈穂《なお》のアドバイスは、間違っていない。文弥《ふみや》は確かにそう言ったし、有希《ゆき》だけでなく亜貿社《あぼうしや》にも発注したのは、有希《ゆき》たちだけでは対応できない——力量が及ばないのではなく得意分野の問題で——可能性を考えてのことだったはずだ。

しかし、奈穂《なお》の助言を聞いて有希《ゆき》は暗い表情のまま頭《かぶり》を振った。

「それは社長が決めることだ。あたしが口出しできる筋合いじゃねえよ」

奈穂《なお》の言葉は確かに正しい。だが文弥《ふみや》が亜貿社《あぼうしや》に出した依頼——という態《てい》の命令——は、文《ふみ》弥《や》と社長の間で決まったことであって、有希《ゆき》が言うとおり、彼女に口出しが許されるものではなかった。

「クロコ。多中《たなか》が無理なら、石猪《いしい》だけでも片付けるぞ」

気まずげに口をつぐんだ奈穂《なお》を放置して——奈穂《なお》にとってもその方がありがたかった——有希《ゆき》は自らを鼓舞する口調で鰐塚《わにづか》にそう告げた。

「そうですね。石猪《いしい》少尉に対する監視体制は、多中《たなか》少佐はもとより米津《べいつ》大尉に対するものに比べても緩やかです。階級が重要度に比例しているのでしょうね」

「つまり、それだけチャンスが多いってことだな？」

「先日の日曜日も、監視の目を振り切って若い女と会っていました。おそらく、あの人の暗殺を依頼していたのでしょう。暗殺が上手《うま》くいかなければ、新たな同業者と接触を試みると思われます」

「あの人の暗殺が上手《うま》くいくはずはない。次に殺し屋とコンタクトする時がチャンスか」

「殺し屋の斡旋《あっせん》依頼にアンテナを張っておきます。石猪《いしい》少尉からの依頼が引っ掛かったら、上手《うま》く誘導しておきますよ」

「ああ、頼んだぜ。平日は軍務があるだろうから、最短でも次の日曜日か」

「そうなりますね。それまで、十分に鋭気を養っておいてください」

「ちょっと待ってください」

考えが足りなかった口出しを反省して黙っていた奈穂《なお》が、ここで口を挿《はさ》んだ。

「文弥《ふみや》さまから処理を命じられたのは多中《たなか》少佐と石猪《いしい》少尉の二人だけではなかったはずです。ナオミ・サミュエルというアメリカ人の処分も命じられていたのでは？」

そちらは放置するのですか？　と奈穂《なお》はセリフの後に視線による問い掛けを付け加えた。

「ああ、そうだったな」

有希《ゆき》は面倒くさそうに答えたが、これは多分に、焦《あせ》りを隠す為《ため》の虚勢だ。彼女は国防軍の二人に気を取られて、もう一人のターゲットをうっかり失念していたのだ。

「クロコ、そっちの調べは付いてるか？」

「いえ、まだです。多中《たなか》と石猪《いしい》に関する調査を優先しましたで」

「まだ依頼を受けて三日だからな……。じゃあ、石猪《いしい》を殺《や》る仕込みの合間で良《い》いから、そっちも調べておいてくれ。居場所さえ分かれば、あたしの方でも探ってみる」

有希《ゆき》がこんなことを言い出したのは、奈穂《なお》の疑わしげな眼差《まなざ》しが気になったからに違いなかった……。

◇◇◇

その頃、USNAの新興軍需企業『サムウェイナームズ』のエージェント、ナオミ・サミュエルは本国からの催促メールに眉を顰《ひそ》めていた。

彼女がいるのはサムウェイナームズの日本駐在員事務所だ。この会社は日本に支店、支社を持たない。そもそも、サムウェイナームズに日本で商売するつもりは無かった。――怪しまれないよう、国防軍に対する売り込みだけはしているが。

サムウェイナームズは元々狩猟銃のメーカーで、顧客は主に民間人だった。軍の武器・装備品に参入したのはここ十年のことだ。年々厳しくなる民間の銃規制に、活路を軍用兵器に求めたのだった。

彼らが社運をかけて開発した新製品が「歩兵用高機動装甲服」。超小型ジェットエンジンを内蔵したパワードスーツだ。

しかし、彼らの前に予想外の大きな障碍《しょうがい》が立ち塞がる。日本のFLTが開発した飛行デバイスだ。連邦軍はFLTから大量の飛行デバイスを購入し、それを使って魔法師用飛行装甲服『スラストスーツ』を開発した。

サムウェイナームズのパワードスーツには魔法師でなくても使えるというメリットがあるものの、それは決め手ならず、連邦軍の興味は『スラストスーツ』そして『飛行デバイス』に向いている。

日本駐在員事務所は、この難局を打開する為《ため》、FLTの弱点を探り可能であれば対米輸出を妨害する目的で設立された物だった。

サムウェイナームズの正式名称はサミュエル=ウェイン=アームズ。ナオミ・サミュエルはサムウェイナームズのオーナーの姪《めい》だ。オーナー一族を送り込む程、サムウェイナームズは対FLT工作を重視しているのだった。

実のところ、ナオミが『七賢人』から入手した情報は「摩醯首羅《まけいしゅら》」＝「司波達也《しばたつや》」ではなかった。彼女たちが入手した根拠の無い情報は、「トーラス・シルバー」＝「司波達也《しばたつや》」だったのだ。司波達也《しばたつや》こそ「摩醯首羅《まけいしゅら》」の正体だ、というのは嘘《うそ》から出た真《まこと》、ただのまぐれ当たりでしかない。

ナオミは――サムウェイナームズは、飛行デバイス開発のキーマンである「トーラス・シルバー」を暗殺することで、FLTの開発能力を殺《そ》ごうと企《たくら》んだのである。

『計画は順調に進行中』

ナオミは本国からの電子メールに、そう返事を送った。

［3］

猫撫《ねこな》で声《ごえ》で誘いを掛けてくるナンパ男に、眉間に皺《しわ》を寄せることでこれ見よがしに拒絶の意思を示し、有希《ゆき》はそっぽを向いて通り過ぎた。男の悪態を背中越しに拾って、彼女は小さくため息を漏らした。

悪態を吐きたいのは自分の方だ、と有希《ゆき》は心の中で愚痴をこぼす。駅を出て十分足らず。今の男でナンパはちょうど十人目だ。煩わしいにも程があった。

有希《ゆき》は整った容姿の持ち主だが、ナンパ攻勢に曝《さら》されるのは珍しい。年齢よりも幼く見える容貌、化粧気洒落《しゃれ》っ気《け》の欠如、野生の肉食獣の如《ごと》き攻撃的な気配……。こうした諸要因が絡《から》み合《あ》ってナンパ男を寄せ付けないのだが、今夜の彼女は違った。

年相応、むしろ実年齢より上に見える気合いの入ったメイク。小柄だが引き締まった肢体を際立《きわだ》たせるセクシーなファッション。これらは周りから浮いてしまわないよう場所と時間帯に合わせた物だが、若い男たちの視線を引き寄せる結果を招いていた。確かに街の雰囲気には溶け込んでいたが、目立たないという意味では行き過ぎとも言えた。

木曜日の夜、有希《ゆき》は六本木《ろっぽんぎ》の繁華街に来ていた。夜遊びスタイルだが、遊びに来たのではない。今回のターゲットの一人、ナオミ・サミュエルの勤務先が六本木《ろっぽんぎ》にあるのだ。

ナオミは社内でかなりの重要人物らしく、通勤にはボディガード付きの車が使用されている。

オフィスも自宅の外国人用マンションもセキュリティは万全で、有希《ゆき》のスキルを以《もっ》てしても侵入は困難だ。

ただ鰐塚《わにづか》の調査によると、仕事を終えたナオミはアメリカ、イギリス、オーストラリアなどの英語を母国語とする外国人が多く集まるプールバーで軽く飲んで帰るのが習慣化しているらしく、店の中にはボディガードを連れていない。

店の前まで車で送らせて、帰る時にまた車を呼び出すという行動パターンを取っている。この時間が唯一、付け入る隙がありそうだった。

まさか人混みの真ん中で暗殺はできないが、賑《にぎ》やかな夜の街には、そこだけ闇に塗り潰されたような死角が必ず存在する。今夜の有希《ゆき》の目的はナオミの行動を直接目で見て確かめることで、仕事に適したスポットを見付けること、つまり下見に来ているのだった。

ナオミ・サミュエルが入り浸っているバーの調べは付いている。有希《ゆき》はターゲットの勤務先が入居しているビルで張り込むのではなく、先に入店して店の中で待ち伏せることにした。

件《くだん》のバーはキャッシュ・オン・デリバリーを採用していた。店員が注文を取りに来ないのは、待ち伏せには都合が良《い》い。

有希《ゆき》は軽い（アルコール度数が低い）ドリンクをカウンターで受け取って、ダーツやビリヤードで盛り上がる外国人と彼らが侍《はべ》らせている若い娘を横目に、店の隅でちびちびとなめながらナオミの到来を待った。

無論、隠形《おんぎょう》を使うのは忘れていない。御蔭《おかげ》で男に声を掛けられて鬱陶しい思いをすることもなかった。

ターゲットが入店したのは三十分が過ぎた頃だった。

(うえっ……。ケバいな。頑張りすぎじゃねえか？)

ナオミ・サミュエルは身長百七十センチ程の、見た目は派手な美女だった。少なくとも男性目線では美女と言えるだろう。

だが同性である有希《ゆき》の目には、厚塗りのメイクで顔色の悪さを誤魔化し、補整下着《ファウンデーション》でガチガチに締め上げているのが明らかだった。要するに、頑張りすぎなのだ。

もっとも、有希《ゆき》の評価に少なからず嫉妬が混じっているのは、本人も否定できないだろう。ナオミは百七十センチの長身で凹凸の激しい体型だ。ウエストは下着の助けを借りているのかもしれないが、バストとヒップのボリュームは本人の実力。小柄で(良く言えば)スレンダーな有希《ゆき》とは対照的な体付きだ。

有希《ゆき》とナオミ、どちらが魅力的かは好みによって評価は分かれるだろうが、どちらが女性的な魅力にあふれているかという設問であれば多くの男性がナオミに軍配を上げるだろう。

(男を漁《あさ》りに来たって感じにも見えないが……見栄《みえ》かね？)

有希《ゆき》は不愉快な結論に至りそうな思考を無意識に避け、ナオミが気合いを入れている理由について考えを巡らせた。その一方で、店の隅からターゲットの動向をこっそり窺《うかが》う。

ナオミ・サミュエルはカウンターに向かうのではなく、店員を呼び止めて何事か話し掛けた。

既に述べたように、この店はキャッシュ・オン・デリバリーのシステムを採用している。飲み物を注文するならカウンターに来るはずだ。

ターゲットの不自然な振る舞いに、有希《ゆき》の目が鋭く細められる。

最初、店員の顔にも不審感が浮かんでいたので馴染《なじ》みの相手というわけでもなかったはずだ。また、ナオミが二言、三言囁《ささや》いただけで店員の態度が大きく変化した点も引っ掛かった。まるで特別なお得意様を前にしているような、恭《うやうや》しい態度だ。

有希《ゆき》は、店員に先導されてナオミが消えたドアをじっと見詰めた。

◇　◇　◇

日付が変わり、金曜日の午前五時。いったん自宅に戻った有希《ゆき》は装《よそお》いを整えて件《くだん》のプールバーの前に舞い戻っていた。

基本的に個客用・無人運転の公共交通機関はこの時間でも動いているが、出直した彼女の「足」は相棒が運転するワゴン車だ。鰐塚《わにづか》は一区画先の時間貸し駐車場で待機している。

有希《ゆき》の人相を隠しているメガネ型ゴーグルには無線通信機と動画用カメラが仕込まれていて鰐塚《わにづか》とつながっているが、有希《ゆき》は閉店した店の裏で沈黙を保っていた。

しばらく店の中の気配を探っていた有希《ゆき》は、誰もいないと確信したのか裏口の扉に手を掛けた。

彼女の両手は薄手の手袋に包まれている。指紋を残す心配は必要ない。

有希《ゆき》は左手でレバー型のドアノブを握り右手でポケットから接着剤のチューブのような物を取り出した。片手でキャップを外し、ノズルをドアノブとドア枠の隙間に突っ込み、中身を絞り出す。潤滑油が鍵のデッドボルトをべったりと覆った。

チューブを捨て、小さな折り畳みノコギリを取り出す。片手で器用に極薄のノコギリ部分を引き出し、ノブの横に差し込んだ。

次の瞬間、有希《ゆき》の右手が残像を残す程の速さで往復を始めた。

有希《ゆき》の異能『身体強化《フィジカルブースト》』が人間の限界を超えたパワーとスピードをノコギリに伝える。

金属用のノコ刃は、一分も経《た》たずデッドボルトを切り離した。

有希《ゆき》が左手を引く。

裏口の扉は音も無く開いた。

彼女は殺し屋だが、身につけた技は忍者のものだ。古式魔法師の一種『忍術使い』ではない、魔法が使えない方の『忍者』だが、潜入はお手のもの。純粋な適性で言えば、多分有希《ゆき》は殺し屋よりも泥棒の方が向いている。

有希《ゆき》は影と化して店の中に滑り込んだ。

ライトは付けない。彼女が付けているゴーグルには赤外線を可視化する機能もあるが、赤外線ライトはセンサーに引っ掛かるリスクがある。有希《ゆき》は完全な暗闇の中を、先程来店した時の記憶と直感頼りで進んだ。

彼女はテーブルにも椅子にもぶつからず、無事店の奥にたどり着いた。ターゲットであるナオミ・サミュエルが入っていった扉は目の前だ。

有希《ゆき》は手探りでノブを回した。あいにく、鍵が掛かっている。

(仕方が無い)

彼女はドアの脇にあるカバーを開いた。タッチパネルのテンキーを浮かび上がらせる光が、暗闇を微《かす》かに照らす。非常灯の明かりすら無い店内でその光はひどく目立ったが、タッチパネルを使わなければ鍵が開けられないのだからやむを得ない。

暗証番号は、さっき店員が開けるところを見て覚えている。有希《ゆき》の『身体強化《フィジカルブースト》』はパワーやスピードを向上させるだけではない。五感の能力も飛躍的に引き上げる。

有希《ゆき》は一発で電子錠を解除した。

ドアの向こうも完全な暗闇だった。

彼女は少し迷い、自分の直感を信じて赤外線ライトを点《つ》けた。

有希《ゆき》の「嗅覚」は「ここから先に警備装置は無い」と告げている。

また、初めて踏み込む場所で目隠し状態はかえって危険だ。ここでライトを使用するのは、甘受すべきリスクだった。

メガネ型ゴーグルに地下室へと続く階段が映し出される。

有希《ゆき》は一瞬、米津《べいつ》が殺されたナイトクラブを思い出したが、あの店より目の前の階段は内装が立派だった。ここを利用する客はそれなりにグレードが高いのだろうと有希《ゆき》は思った。

カーペットが敷かれた階段を慎重な足取りで下る。

地下室の扉には鍵が掛かっていなかった。ここまで案内された客に警戒は不要ということだろう。有希《ゆき》は思い切って、ただし音を立てないように扉を開けた。

地下室に足を踏み入れた有希《ゆき》の目にまず飛び込んできたのは、部屋の中央に鎮座する豪華なルーレット台。次に認識したのは本格的なポーカーテーブル。他にもカードを使ったギャンブルの為《ため》のテーブルが各種揃《そろ》っている。

(賭場《とば》か……?)

この国では、公営カジノ以外でのギャンブルは禁止されている。ゲームとして楽しむことまで禁止されていないが、金品を賭けるのは犯罪だ。賭けに直接関わったものだけでなく、場所を提供した者も処罰の対象になる。

(違法カジノにしちゃ、警備が手薄な気もするが……)

これだけの大道具・小道具を揃《そろ》えて健全なお遊びだけということはあるまい。

（警察《サツ》と裏でつながっているのか？）

外交官特権ではないが、すぐに弁護士や大使館が出てくる外国人絡みの犯罪は、警察が面倒がって軽いものなら見て見ぬふりをするという傾向は否定できない。

外国人側も目こぼししてもらう代わりに重犯罪については国内の捜査だけでは分からないような情報をリークするというようなメリットを警察に提供する。

嘆かわしいことだが、ある種の「持ちつ持たれつ」が成立しているという事例は、それ程珍しいものではない。

（んっ？　待てよ。警察《サツ》と違法カジノか……。こいつは使えるかもしれんな。後でクロコに相談してみるか）

有希《ゆき》はこの後、地下室のあれこれを赤外線カメラで撮影して潜入調査を切り上げた。

［4］

十月十四日、日曜日。

有希《ゆき》は石猪《いしい》少尉を尾行していた。彼女たちの読みどおり、石猪《いしい》は監視を振り切って都心方面へ向かっていた。

個型電車《キャビネット》を使う相手の尾行は難しいのだが、彼女はスタントマンまがいの運転で、自動二輪を使って石猪《いしい》の乗る個型電車《キャビネット》を追い掛けた。

ナオミ・サミュエルの方は仕込み中だ。そもそも件《くだん》のプールバーは休業中。有希《ゆき》は自分の痕跡こそ残さなかったが、裏口の鍵を壊している。何者かが不法に侵入したのは状況的に明らかだ。

にも拘《かか》わらず、店の関係者が警察に届け出た形跡はない。バーの方に後ろめたい隠し事がある証拠だろう。

侵入を気付かれたことは、彼女たちの企てにとってプラスに作用する。バーの関係者には精々、警戒して欲しいところだった。

石猪《いしい》が下りたのは新宿《しんじゆく》から二つ西の駅だった。

有希《ゆき》は駅前にバイクを停《と》め、石猪《いしい》が出てくるのを見張った。石猪《いしい》は有希《ゆき》の目に気付いた様子もなく、ロボットタクシーに乗り込んで町の外縁部に向かい走り出した。

◇◇◇

石猪《いしい》がタクシーを降りたのは、町外れの古い工場の前だった。今日は日曜日だが、曜日に関係なく、もう操業していなさそうだ。

石猪《いしい》が日曜日に動くだろうという有希《ゆき》たちの予測は的中したが、その理由は彼女たちが予想したものとは違っていた。石猪《いしい》は暗殺を依頼した相手、『アニー』から思いがけないクレームと共に呼び出されたのだった。

「重大な契約違反が判明したので釈明を求める」と強い調子で詰《なじ》られ、「釈明がなければ暗殺は中止する。前金も返還しない」と言われて仕方無く、危険を冒して指定された場所に足を運んだのだ。

前金として支払った金額は落ち目の多中《たなか》にとって無視し得ないもので、このまま破談になれば石猪《いしい》が多中《たなか》の不興を買うのは避けられない。今更敵対勢力に鞍替《くらが》えもできない彼にとってそれは、死活問題に直結していた。

アニーが指定した待ち合わせ場所は、寂れた雰囲気の商店街に隣接するこの廃工場だった。

副都心のすぐ近くにこんな人気《ひとけ》の無い場所があるのか？　と石猪《いしい》は驚きを禁じ得ない。戦後の再開発から取り残された、メガロポリスのエアポケットのような場所だ。

石猪《いしい》は躊躇《ためら》いながら廃工場の扉を開けた。

鍵は掛かっていない。

照明は当然のように取り外されていたが、高い位置に設けられた窓から入り込む外光で、薄暗いながらも視界は確保されていた。

「石猪《いしい》だ！　アニー、いないのか！」

静けさと言うより中途半端《ちゅうとはんぱ》な明るさに不安を駆り立てられて、石猪《いしい》は大声で呼び掛けた。

「石猪《いしい》少尉、五分の遅刻ですよ」

応えはすぐに返ってきた。

ただし、姿は見えない。

片付けられずに積み残されている木箱の陰に隠れているのか。ガランとした建物内に反響して、声の出所も見当が付かない。

「それは……すまない」

「まぁ、良《い》いでしょう。良く来てくれました」

どうやらアニーは石猪《いしい》に姿を見せるつもりはないようだ。石猪《いしい》もそれを覚《さと》ったようで、彼女の居場所を探すのを止めた。

「……早速だが、契約違反とは何のことだ？」

周囲を念入りに観察する余裕が無いのかもしれない。石猪《いしい》は焦《あせ》りを隠せぬ口調で本題を切り出した。

「お心当たりは無いと？」

「ああ、全く思い当たる節が無い」

石猪《いしい》は精一杯の誠意を声に込めて訴えた。

「そうですか……」

それに対するアニーの反応は冷ややかなものだった。

「私は国防軍関係者をターゲットにした仕事は受けられない、と申しましたが、もしかしてお忘れですか？」

「…………」

「石猪《いしい》少尉、嘘《うそ》を吐《つ》きましたね」

石猪《いしい》の背中に冷や汗が滲《にじ》む。

アニーの指摘に彼は覚えがあった。石猪《いしい》は高を括《くく》っていたのだ。殺し屋風情《ふぜい》に、『摩醯首羅《まけいしゅら》』の正体までたどり着くことはできない、と。

「ま、待ってくれ。そんなはずはない。何かの間違いではないか？」

まともな言い訳はできない。石猪《いしい》には開き直ることしかできなかった。

「とぼけるおつもりなら、それでも結構ですよ」

「ち、ちがっ」

石猪《いしい》は言い訳の言葉を最後まで口にできなかった。サプレッサーで押し殺された銃声が、彼の言い訳を遮った。

胸を撃たれて石猪《いしい》は仰向けに倒れる。

「な、何故《なぜ》……」

言い訳の代わりに彼の口からこぼれた疑問の言葉。それが彼の遺言だった。

二発目の弾丸が石猪《いしい》の額に血の穴を穿《うが》つ。彼は今度こそ、物言わぬ死体となった。

「ごめんなさいね」

拳銃を片手に姿を見せたアニーが、石猪《いしい》の死体に明るい声で謝罪した。

「別に、貴方《あなた》が嘘《うそ》を吐いたから殺したのではありませんよ。私はサイコキラーではありませんから、そんなに簡単に人殺しはしません。それに、先に嘘《うそ》を吐いていたのは私の方なんです」

そう言って、アニーは石猪《いしい》が入ってきた扉に目を向けた。

そこには、目を丸くした有希《ゆき》が立っていた。

「初めまして、ナッツ。亜賀社《あぼうしゃ》のスナイパー、アニーです」

アニーは朗らかな口調で有希《ゆき》にそう話し掛けた。

◇◇◇

石猪《いしい》少尉が乗ったロボットタクシーを尾行した有希《ゆき》は、石猪《いしい》が入っていった廃工場の壁に背中を付けて耳を澄ませていた。音で中の様子を窺《うかが》っているのだ。だからといって、壁に耳をつけることはしない。突然の大音量に耳を痛めない為《ため》の用心だ。

その代わり、身体強化《フィジカルブースト》で聴覚を強化し、建物内で交わされている会話を含めて大小の音を拾っていた。

『とぼけるおつもりなら、それでも結構ですよ』

石猪《いしい》と殺し屋の交渉が決裂を迎えた直後、有希《ゆき》の耳はサプレッサーで減衰した銃声を捉えた。

予想外の事態に、有希《ゆき》は動揺を禁じ得ない。彼女の常識からすれば、プロの殺し屋があの程度の瑕疵《かし》で依頼人を殺すなどあり得ない。

これではまるで、街をうろつくチンピラのやり方だ。

有希《ゆき》はとにかく、状況を確認する為《ため》に——今の銃声が石猪《いしい》に向けて放たれたものかどうか、石猪《いしい》は本当に死んでしまったのかどうか、等——、廃工場に突入した。

建物の中では、有希《ゆき》が予想したとおりの光景が広がっていた。床には石猪《いしい》が仰向けに倒れており、額に穿《うが》たれた銃創から血が流れている。脈を確かめるまでもなく、致命傷だ。

犯人はすぐに分かった。若い女性——有希《ゆき》より二、三歳年上か——がサプレッサーを付けた自動拳銃を手にして石猪《いしい》の死体を見下ろしている。

その女は有希《ゆき》と目が合ってもまるで慌てた素振りを見せず、それどころか有希《ゆき》に向かって笑い掛けた。

有希《ゆき》はその笑みを挑戦と受け取った。どうせ殺してしまう相手だから、目撃者に慌てる必要は無い。——女の笑みを有希《ゆき》はそう解釈した。

状況は既に銃を手にしている相手の方が有利。

だが、絶体絶命という程ではない。相手の腕が動いた瞬間、跳躍して狙いを外し懐《ふところ》からナイフを抜いて投げる。身体強化《フィジカルブースト》を全開にすれば分の悪い賭けではない。

有希《ゆき》はそう算盤《そろばん》を弾き、己の異能に意識を向けた。

しかし、彼女はすぐに自分の誤解を覚《さと》った。

覚《さと》らされることになった。

「初めまして、ナッツ。亜賀社《あぼうしや》のスナイパー、アニーです」

石猪《いしい》を殺《や》った殺し屋は、有希《ゆき》に銃口を向ける代わりに自己紹介の挨拶を向けた。

有希《ゆき》は思わず脱力してしまう。

「アンタが社長から派遣された殺し屋か」

「ええ、ですが誤解しないでください。石猪《いしい》少尉は成り行きで私が片付けましたが、私が社長に命じられた役割はナッツのサポートです。この仕事でメインを務めるのはあくまでも貴女《あなた》。それが社長のご意向です」

「誰が的《まと》を殺《や》るかなんて、そんなことはどうでも良《い》いが、あたしを相手に敬語も丁寧語も必要ない。もっと普通に喋《しゃべ》ってくれ」

この瞬間、有希《ゆき》は間違いなく気を抜いていた。油断していた、と言っても良い。

「誰が殺しても良いなら、多中《たなか》は俺に譲ってくれないか」

だがその男の接近に気付かなかったのは、油断ばかりが理由ではなかった。

「誰だ⁉」

声と共にいきなり、すぐ近くに人の気配が生じる。有希《ゆき》は最高度の緊張を取り戻して誰何《すいか》の声を放った。

有希《ゆき》だけではない。アニーも顔から笑みを消し、険しい表情で拳銃を声に向けた。――いや、向けようとした。

しかし謎の男の行動は素早かった。アニーの銃口が上がりきる前に、彼女へと飛び掛かった男は左手で銃身を押さえ、右手で逆手に握ったナイフを振り上げていた。

振り下ろされるナイフ。

有希《ゆき》がアニーと男の間に割り込む。

身体強化《フィジカルブースト》が可能にする超人的な瞬発力で眼前に出現した有希《ゆき》に驚いたのか、ナイフを振り下ろす男の右手の勢いが鈍る。

有希《ゆき》の左手刀が男の右手首を捉えた。

男はナイフを取り落としこそしなったが、攻撃を中断し大きく跳び退《すさ》った。

アニーが今度こそ男へ銃口を向ける。

「止《よ》せ！」

不満げな気配が背後から伝わってきたが、取《と》り敢《あ》えずアニーは有希《ゆき》の制止に従った。

有希《ゆき》と男が睨《にら》み合《あ》う。

先に口を開いたのは有希《ゆき》だった。

「お前、米津《べいつ》を殺《や》ったヤツだな？　若宮《わかみや》っていったか？」

無造作に手櫛《てぐし》を通しただけの短い髪。ジーンズにスニーカー、薄手のブルゾン。あの夜と違ってサングラスは掛けていないが、間違いなく米津《べいつ》を殺した男だった。

「……名乗った覚えは無いが？」

男は間接的に有希《ゆき》の質問を肯定する。同時に、「何故《なぜ》知っている？」と言外に問い掛ける。

「米津《べいつ》が言ってただろ」

「良く覚えているものだ」

「目の前で獲物を横取りされたんだ。忘れたくても忘れられねえよ」

再び睨《にら》み合《あ》う二人。今度は男の方が沈黙を破る。

「……お前たちの獲物じゃない。『魔兵研《まへいけん》』のメンバーは俺の獲物だ」

「まへいけん？」

「『魔人兵士開発研究会』。国防軍内で人体実験を行っていたグループの名称だ」

「多中《たなか》や米津《べいつ》はその『魔兵研《まへいけん》』とやらのメンバーだったのか？」

「その二人だけではないがな」

男の瞳には怨念の黒い炎が渦巻いていた。

その目を見るだけで、有希《ゆき》は「こりゃ、何を言っても無駄だな……」と覚《さと》ったが、「はいそうですか」と引き下がれる話でもなかった。

「あたしは多中《たなか》って野郎に別段恨みも無ければ特別な思い入れも無いが、じゃあお任せしますってわけにもいかないんだよ。仕事だからな」

「お前たちは多中《たなか》を殺せと依頼されているだけなんだろう？　だったら、多中《たなか》が死にさえすれば問題無いのではないか？」

「……まあ、理屈ではお前の言うとおりだよ。的《まと》が間違いなく死んだと確認できれば、依頼人は満足する。だがあいにくと理屈どおりでは済まない。こっちは商売だからな。『殺せ』と依頼された以上、的《まと》が息をしている限り狙い続けなきゃならない」

「決裂か」

その一言と同時に、若宮《わかみや》の身体《からだ》から殺気が膨れ上がった。

「待て！　早とちりすんな！」

慌てて有希《ゆき》が制止する。だが当然と言うべきか、若宮《わかみや》は彼女の言葉に従わなかった。

若宮《わかみや》がナイフを振り上げて、目にも止まらぬ勢いで有希《ゆき》に襲い掛かる。そのスピードは、身体強化《フイジカルブースト》を活性化させている時の有希《ゆき》に迫るものだった。

「くっ！」

不意を突かれた有希《ゆき》だが、彼女は右手に持ったままだったナイフで若宮《わかみや》の一撃をなんとか弾いた。

有希《ゆき》はすぐに、身体強化《フイジカルブースト》を発動した。

——意識の奥底に沈む扉を意思の力で引き開ける。

——扉の向こう側から異能の「力」があふれ出し、

——彼女の全身を満たす。

若宮《わかみや》がナイフを横に薙《な》ぐ。

身体強化《フイジカルブースト》を発動した有希《ゆき》の目にも、その攻撃は十分にスピーディーだった。

だが、異能によって反応速度が引き上げられている彼女にとっては、対応できない速度ではない。彼女はナイフで若宮《わかみや》のブレードを受け止めようとした。

（——ヤバッ！）

だがその寸前で直感的な危機感に襲われて、有希《ゆき》は大きく身体《からだ》を反らした。

彼女のナイフは若宮《わかみや》のブレードに切断され、敵の斬撃は彼女の残像を切り裂いた。

（──『高周波ブレード』かっ！）

有希《ゆき》は一秒未満のタイムラグで、敵の攻撃の正体を覚《さと》った。

魔法でも使わない限り、特殊ステンレス鋼の刀身をこうも簡単に切断できるものではない。

思い返せば、米津《べいつ》の死体を検分して若宮《わかみや》が『高周波ブレード』を使うことは分かっていた。

（迂闊《うかつ》だった……）

有希《ゆき》の心が後悔に囚《とら》われたのは一瞬だった。

若宮《わかみや》が空振りしたナイフを切り返して刺突の構えを取る。

戦闘は継続中だ。停滞は許されない。後悔に気を取られている余裕など無い。

有希《ゆき》は刀身が半分になったナイフを若宮《わかみや》の顔面目掛けて投げつけた。

若宮《わかみや》は反射的に、顔へ迫るナイフの残骸を払《はら》い除《の》けた。

有希《ゆき》はその隙に予備のナイフを取り出す。ブレードの材質は最初のナイフと同じ。『高周波ブレード』に耐えられる刀身ではない。

だが有希《ゆき》は、その点を気にしていなかった。

（──打ち合わなきゃ良《い》いんだろ）

ナイフ戦闘はチャンバラではない。

元々ブレード同士をぶつけ合う頻度は低い。

相手のブレードに触れなければ『高周波ブレード』を警戒する必要は無い。

有希《ゆき》は鋭い刺突を繰り出した。相手がナイフで受けようとすれば、すぐに腕を引いて狙いを変える。相手が反撃を繰り出せばすぐにステップバックする。

防御を許さない必殺の攻撃を持つ敵に対して、有希《ゆき》は徹底的なヒットアンドアウェイで対抗していた。

若宮《わかみや》の肌に幾筋もの浅い傷が刻まれる。

ここまでは、有希《ゆき》のスピードが若宮《わかみや》の攻撃力に勝っていた。このまま推移すれば、この戦いは有希《ゆき》の勝利で幕を下ろしただろう。

有希《ゆき》は決して油断していなかった。だが、警戒が足りなかったのは否定できない。

ナイフを持っていない若宮《わかみや》の左手が自分に向いても、有希《ゆき》はその掌《てのひら》が空であることを確認しただけだった。

若宮《わかみや》に向かって踏み込もうとした有希《ゆき》を、突風が襲う。

有希《ゆき》のスピードがダウンした。

突風といっても、物理的な気流ではない。想子流《サイオンりゅう》を叩《たた》き付《つ》けられて、それを風と錯覚しただけだ。有希《ゆき》の勢いが落ちたのも、空気抵抗によるものではなかった。

若宮《わかみや》が放った想子流《サイオンりゅう》の正体は『術式解体《グラム・デモリッション》』。高圧の想子流《サイオンりゅう》を放ち、その圧力で魔法式を魔法の対象物から剝離させることで魔法を無効化する対抗魔法だ。

ほとんど全ての魔法を無効化できる、射程距離が短いという以外に欠点らしい欠点が無い対抗魔法だが、使いこなせる魔法師は極めて少ない。魔法式を吹き飛ばすに足る大量の想子《サイオン》を保有している者は、滅多にいないからだ。

若宮《わかみや》は調整体『鉄《くろがね》シリーズ』の第一世代。『鉄《くろがね》シリーズ』は長時間の魔法戦闘が可能な兵士を作り出す目的で遺伝子を操作された調整体魔法師だ。シリーズ名の「鉄《くろがね》」には頑丈でスタミナが豊富なアスリートを形容する「鉄人《てつじん》」の意味が託されている。

国防軍の研究チームは長時間の戦闘が可能な魔法師を作る為《ため》に、まず持久力が高い肉体の遺伝子を組み込んだ。心肺機能に優れていること、ミトコンドリアの活性度が高いことが、肉体面の基本的な条件だった。

そして魔法面では、想子《サイオン》保有量が重視された。

このコンセプトで製造された『鉄《くろがね》シリーズ』の内、若宮《わかみや》は特に大きな想子《サイオン》保有量を備えていた。国防軍の調整体開発チームはこの特徴を活《い》かすべく、若宮《わかみや》に『術式解体《グラム・デモリッション》』を修得させた。

『術式解体《グラム・デモリッション》』を組み込んだ戦闘術を叩《たた》き込《こ》まれた若宮《わかみや》は、「魔法師キラー」という『鉄《くろがね》シリーズ』の調整体の中でも特異な存在となった。

ここで終わっていれば、国防軍は貴重な戦力となる「成功例」を手に入れていただろう。だが色気を出した技術者が、より強力な戦闘魔法師の完成を目指して若宮《わかみや》を人体実験の被験体としてしまった。

強化された有希《ゆき》のスピードに迫る彼の身体能力は化学的人体強化措置の産物である。だがその成功の代償として、数少ない「成功例」の脱走を招いたのだった。

有希《ゆき》のスピードが落ちたのは、『術式解体《グラム・デモリッション》』の影響だった。異能——サイキックと魔法は本質的に同じものだ。サイキックも『術式解体《グラム・デモリッション》』の効果から逃れられない。

とは言え、本質的でない部分の差異がもたらす違いは小さくない。

魔法は原則として、定義された終了条件まで一つの魔法式で事象改変をまかなう仕組みになっている。故に魔法式を剝ぎ取られれば、事象改変は中止される。魔法の効果を維持する為《ため》には、同じ魔法を発動し直さなければならない。

一方、有希《ゆき》の『身体強化《フィジカルブースト》』は彼女が終了を意識しない限り、事象改変が更新され続ける。今も『術式解体《グラム・デモリッション》』によって『身体強化《フィジカルブースト》』が無効化されたのは一瞬のことだ。次の瞬間には、有希《ゆき》のパワーもスピードも元に戻っていた。

だがこの二人の戦いのレベルになると、一瞬の停滞が致命的な隙につながる。

有希《ゆき》は迫り来るブレードに、敗北の予感を覚えた。

(間に合わない——)

——だが、その「時」は訪れなかった。

彼女の弱気な未来予測を覆《くつがえ》したのは、サプレッサーで押し殺された銃声だった。

当たってはいない。だが銃撃を避ける為《ため》に、若宮《わかみや》は斬撃を中断して床に身を投げなければならなかった。

「私もいるのを忘れないで欲しいわね」

アニーがそれまでとは打って変わった強気な、ある意味殺し屋らしい口調で床に自ら倒れた若宮《わかみや》に声を投げる。彼女が手にする拳銃は、正確に若宮《わかみや》を狙っている。

「ナイフを捨てなさい」

若宮《わかみや》は床から鋭い視線の矢を浴びせたが、アニーの構えに付け入る隙は無かった。やがて彼はゴロリと仰向けに体勢を変えてナイフを握っていた右手の力を抜いた。

アニーが引き金を引いた。銃弾は床に落ちたナイフを若宮《わかみや》の手が届かない所まで跳ね飛ばした。

「ナッツ、すみません」

アニーは若宮《わかみや》に目を固定したまま柔らかな口調で有希《ゆき》に話し掛けた。

「もっと早く援護したかったのですが。ナッツの動きが速くて、中々……」

「いや、本当に助《ゆき》かった」

これは有希《ゆき》の、掛け値無しの本音だった。アニーの援護射撃が無ければ有希《ゆき》は若宮《わかみや》にやられていただろう。

「良《い》い腕だな」

「それ程でもありません。そいつには不意を突いたにも拘《かか》わらず、躱《かわ》されてしまいましたし」

アニーは不本意そうに、寝転がる若宮《わかみや》を睨《にら》む。これは多分、謙遜ではない。彼女の口調は本気で口惜《くや》しがっているように聞こえる。

「謙遜しなくても良いだろ。ナイスショットだった」

それを理解していながら、有希《ゆき》は敢《あ》えてそう言ってアニーを賞賛した。

「いえ……ありがとうございます」

アニーは満更でもなさそうに、はにかんだ。その間にも、若宮《わかみや》を狙う銃口に揺らぎは無い。

「それと、さっきも言ったがあたしに敬語は不要だ。見たところ、そっちの方が年上だろ？」

有希《ゆき》のセリフが自信に欠けた疑問形になったのは、外見と実年齢が必ずしも一致しないということを、他ならぬ自分自身という実例で良く知っているからである。

「ですが私は入社したばかりで、ナッツは先輩ですから」

「そうなのか？」

有希《ゆき》は「道理で見た覚えが無い顔だ」と思いながら訊《たず》ねる。

「ええ。入社したのは一年前です」

この一年、有希《ゆき》は仕事を割り振られる時以外、会社に余り顔を出していない。今回のように同じ相手をターゲットにしない限り、同僚と顔を合わせなくても不思議ではなかった。

「そんなことより、こいつ、どうします？　殺しちゃいますか？」

見張っているのが面倒になったのか、アニーがいきなり話題を変えた。

「殺せ」

二人の話を聞いていたのだろう。若宮《わかみや》が仰向けに寝転んだまま、投《な》げ遣《や》りにそう口を挿《はさ》んだ。

「早とちりすんな、って言っただろう」

呆れ声で有希《ゆき》が答える。それは、直接には若宮《わかみや》に対する返答だが、アニーに対する回答でもあった。

「あたしは、お前の邪魔をするつもりはねぇよ」

「どういうことだ……？」

訝《いぶか》しげに問い返す若宮《わかみや》に、有希《ゆき》は「話しにくいから立って良いぞ」と指図した。

アニーに銃口を向けられたまま、若宮《わかみや》がゆっくり立ち上がる。

「早い者勝ちってことでどうだ？」

向かい合わせになった若宮《わかみや》に向かって、有希《ゆき》は唐突とも思える提案を行った。

「なに……？」

「つまりだな……、お前は復讐《ふくしゅう》を果たしたい。あたしらは仕事を投げ出せない。だからといって、手を組めるような信頼関係は無い」

いったん言葉を切った有希《ゆき》に、若宮《わかみや》が頷《うなず》く。

「だったらせめて、お互いの邪魔はしないでおこうぜ。お前もあたしらも、多中《たなか》の息の根を確実に止めるのが最優先のはずだ。早い者勝ち、どっちが仕留めても恨みっこ無し。で、どうだ？」

「……俺はお前たちに負けた。俺の方から仕掛けて、だ。殺されても、文句は言えないところなのに、復讐《ふくしゅう》のチャンスを残してくれるというのだ。異存など、あろうはずもない」

「よし、決まりだ。条件は、互いの邪魔をしないことだけ。良《い》いな？」

「その条件については裏切らないと約束しよう」

「こっちもだ。先に行ってくれ」

若宮《わかみや》が頷《うなず》き、ナイフを拾って廃工場から出て行く。

その背中にアニーの銃口がずっと向けられていたが、若宮《わかみや》にそれを気にした素振りは無かった。

◇◇◇

若宮《わかみや》が去り、有希《ゆき》とアニーもすぐに廃工場を後にした。

廃工場の床には今も、石猪《いしい》の死体が転がっている。殺人現場に殺し屋がグズグズしているなど愚の骨頂。既に長居しすぎているくらいだ。二人が急ぎ足《あし》になったのは当然だった。

ここへ来るのに使った有希《ゆき》の交通手段は小型バイク。アニーは定員二名の超小型車だ。アニーはスナイパー。銃を運ぶのに、車は不可欠なのだろう。

二人は有希《ゆき》が先導する形で彼女のマンションへ向かった。


そして今、二人は有希《ゆき》のマンションのダイニングで向かい合っていた。サングラスを外したアニーは、ますますファッションモデルじみていた。ただし、世界的コレクションでランウェイを闊歩《かっぽ》するモデルではなく、ファッション雑誌のページを飾る「読モ」レベルだが。

「ありがとう」

アニーがコーヒーを持ってきた奈穂《なお》に朗らかな笑顔でお礼を言う。

「いえ、どうぞ。お好みが分かりませんので、ミルクとお砂糖はご自由にお使いください」

「ええ、そうさせてもらうわ」

もう一度、奈穂《なお》に向かって笑顔で軽く頭を下げて、アニーは有希《ゆき》へと向き直った。

有希《ゆき》はアニーの視線を受けて、いつもの甘すぎるコンレーチェのカップをテーブルに戻した。

「さて……まずは改めて自己紹介だ。知っているかもしれないが、あたしは榛有希《はしばみゆき》。コードネームはナッツ」

口火を切ったのは有希《ゆき》の方。

「ええと……。コードネームではなく、私にも名乗れということですか?」

アニーが戸惑った声で問い返す。

「会社の仕事ならコードネームで良《い》いんだけどな。今回は黒羽《くろば》がらみの案件だ」

「なるほど……。だからチームを組む相手の素性はしっかり把握しておきたい、と？」

「まあ、そういうところだ」

「分かりました」

そう言いながら、心から納得しているようには見えない。

「姉川妙子《あねがわたえこ》です。二十二歳になったばかりで、亜貿社《あぼうしゃ》に入ったのは一年前、この仕事のキャリアは二年。その前は民間軍事会社《PMSC》で射撃を教えていました。専門は長距離狙撃ですが、銃でしたら何でも得意です」

アニー——妙子《たえこ》の異色なキャリアを聞いても、有希《ゆき》は表情を変えなかった。

「ほぉ……大したもんだ」

ただ、そう呟《つぶや》いただけだ。

「……もしかして、ご存じでした？」

妙子《たえこ》が切れ長の目を微妙に細めながら訊《たず》ねる。

有希《ゆき》は苦笑いを浮かべた。

「まあな。会社から助《すけ》っ人《と》が出ると聞いて、どんなヤツなのかプロフィールだけは聞いていた。外見は知らなかったから驚いたがな。軍事会社出身のスナイパーっていうから、『クリス・カイル』の女版のようなゴツいヤツだと思っていたぜ」

この例えには、妙子《たえこ》も苦笑せずにいられなかった。

「頼りなさそうな見てくれですみません……。つまり今のは、身許《みもと》照合だったと？」

「ああ。騙《だま》すような真似《まね》をしたのは悪かったと思っている。だが文弥《ふみや》がらみの仕事は、万が一にも失敗できないからな」

「いえ、そういうことでしたら理解できます」

ここで妙子《たえこ》は、意味ありげな視線を有希《ゆき》に向けた。

「ところで……『文弥《ふみや》』って黒羽《くろば》文弥《ふみや》様のことですよね？　私たちのスポンサーである黒羽家《くろばけ》の御曹司」

有希《ゆき》が「はっ！」と鼻で笑った。

「あいつが御曹司って柄かよ」

「はぁ……随分親しいご関係のようですが、やはり噂《うわさ》は本当だったんですか？」

「噂《うわさ》？」

「社内で噂《うわさ》になっていますよ。ナッツは文弥《ふみや》様の『お気に入り』だと」

「お気に入り……？」

「ええ。好《い》い仲なんじゃないかって」

「好《い》い仲……？　何だ、そりゃ……」

訝《いぶか》しげだった有希《ゆき》の表情が、徐々に凍り付いていく。

妙子《たえこ》は少し顔を赤くして、楽しそうに——恋バナに興じる若い娘のような表情で、有希《ゆき》の疑問に答える。

「平たく言えば、男と女の間柄なんじゃないか、って」

「何だそりゃあぁ……！」

有希《ゆき》の顔が一瞬で真っ赤に染まった。

轟《とどろ》き渡《わた》る咆哮《ほうこう》に、テーブル脇に控えていた奈穂《なお》が耳を両手で押さえてギュッと目を閉じた。

爆弾を投げ込んだ妙子《たえこ》は軽く顔を顰《しか》めながらキョトンとした目を有希《ゆき》に向けている。

「……違うんですか？」

「違うに決まってんだろ！」

「あら？」

目を丸くして片手を口に当てる妙子《たえこ》。

一方、有希《ゆき》は両手で自分の肩を抱いて悪寒《おかん》に襲われたように震えている。

「でも、随分親しそうですよ」

「誤解だって言ってんだろ！　あいつにはいいようにこき使われているだけだ！　第一、自分より美少女な男と恋愛する趣味は無い！」

「美少女？」

訳が分からないという顔で、妙子《たえこ》は首を傾《かし》げた。

そこへ横から、奈穂《なお》が口を挿《はさ》む。

「有希《ゆき》さん、そんなこと言って良いんですか？　文弥《ふみや》さまに言い付けちゃいますよ」

「文弥《ふみや》があたしより美少女なのは事実だろ」

「それはそうですけど……有希《ゆき》さん、文弥《ふみや》さまは男の子ですよ。男の子に美少女度で負けてるとか、自分で言ってて情けなくなりません？」

奈穂《なお》の指摘に、有希《ゆき》はそっぽを向いて知らん顔だ。どうやら図星だったようだ。

「はぁ……すごいんですね」

妙子《たえこ》の心底感心していることが窺《うかが》われる呟《つぶや》きの御蔭《おかげ》で、有希《ゆき》は奈穂《なお》から追撃を受けずに済んだ。

「文弥《ふみや》様は所謂《いわゆる》『男の娘』だったんですね」

その代わり、妙子《たえこ》の誤解を解くのに有希《ゆき》は苦労しなければならなかった。このままだと、妙《たえ》子《こ》の誤解を自分の所為《せい》にされてしまうが目に見えていたからだ。

文弥《ふみや》に女装癖は無いと妙子《たえこ》に納得させるのに、有希《ゆき》は小一時間を要した。

［5］

十月十四日、日曜日の夜。

多中《たなか》少佐はウイスキーを丸々一本空けても、まだ眠りに就くことができずにいた。

理由は言うまでもなく、石猪《いしい》少尉暗殺の報を受け取ったからだ。

米津《べいつ》大尉に続き、今や唯一残った部下と言っても良い石猪《いしい》少尉の殺害を、多中《たなか》は『摩醯首羅《まけいしゅら》』に先手を打たれたのだと理解した。

不眠は「次は自分だ」という恐怖に取り憑《と》かれた所為《せい》だった。

彼が懐《いだ》いた恐れは、全くの見当違いというわけではない。米津《べいつ》が殺されたのは『摩醯首羅《まけいしゅら》』──司波達也《しばたつや》暗殺計画とは無関係だが、石猪《いしい》は確かに達也《たつや》の暗殺を阻止する目的で命を奪われた。今日の暗殺に司波達也《しばたつや》の意思は作用していないが、石猪《いしい》を殺したのは達也《たつや》に与《くみ》する者たちだ。

そして何より、暗殺者は多中《たなか》をターゲットに定めていた。

今の多中《たなか》に、不安を分かち合い助けを求めることができる相手はいない。

人道にも軍の規則にも反する人体実験に主導的な立場として関わり、多くの貴重な魔法師を浪費してきた──無駄に死なせた例もあれば、死んでいないだけ、という境遇に落とした例もある──多中《たなか》が、今日まで罰せられずに地位を保っていられたのは、国防軍内の権力闘争を巧みに利用してきたからだ。

彼はこの夏まで、上手《うま》く勝ち馬に乗ってきた。普通では手に入らない違法実験の成果を手土産に、戦力を求める野心家の庇護《ひご》下に収まっていた。

しかし、対大亜《たいだいあ》連合《れんごう》強硬派――酒井《さかい》大佐の下についたのが決定的な誤算であり運の尽きだった。

酒井《さかい》大佐の失脚により、多中《たなか》は身を守る術《すべ》を失った。これまで彼の武器となっていた違法人体実験は、今や彼の首を絞める縄となった。

いつ罪に問われるか分からない。

もしそうなったら、自分一人では死なない。人体実験に関与した高官の名前を全てぶちまけるつもりだった。

しかし、そのリスクは相手も承知しているだろう。となれば、自分を待っているのは彼らによる口封じ。

多中《たなか》は酒井《さかい》大佐失脚からずっと暗殺に怯《おび》えていた。それが遂《つい》に、具体的な影となって身近まで迫ってきた。――今の多中《たなか》は、そういう心理状態だった。

◇　◇　◇

「……気楽なもんだな。何者とも分からない賊が侵入した店にのこのこやって来るとは」

「自分が狙われているとは思っていないのでしょう」

有希《ゆき》と鰐塚《わにづか》は違法カジノを抱えるプールバーに入っていくナオミ・サミュエルの背中を見ながら、呆れ声で言葉を交わした。

「石猪《いしい》が殺されたのにか？」

「黒幕を気取っている小悪党は、自分が矢面に立たされる可能性を考えないものです。ナッツもそういう輩《やから》は、何人か見てきたのでは？」

「まあ、確かにそういう奴《やつ》らは何人も知っているが……。それにしたって、もう少し用心するもんじゃないか？」

今日は十月十九日、金曜日。有希《ゆき》がバーに忍び込んでから、ちょうど一週間後。プールバーの営業が再開したのは昨日のことだ。「もう少し用心するもんじゃないか？」という有希《ゆき》の疑問は妥当なものと言えよう。

「もしかして、ナオミ・サミュエルはギャンブル依存症なんじゃねえか？」

「そうかもしれませんね」

有希《ゆき》の推測に、鰐塚《わにづか》が気の無い相槌《あいづち》を打つ。お座なりなその態度を、有希《ゆき》は気にしなかった。今重要なのはナオミ・サミュエルが地下の違法カジノに入ったかどうかだ。その背景となる彼女の性癖はどうでも良《い》いことだった。

「じゃあ、行ってくる」

「作戦開始のタイミングは早ければ二十分後、最も遅くて一時間後となる見込みです。引き時を間違えないでください」

「分かっている。万が一、仕掛けの発動より先に的《まと》が店を出るようなことがあれば、大人しく出直すさ」

有希《ゆき》は注意を促す鰐塚《わにづか》に軽く頷《うなず》いて、ワゴン車を降りた。

今夜の有希《ゆき》のファッションは一見、絹に見える光沢豊かな生地で作ったチャイナドレス風の上衣にスリムパンツ、ヒールに武器を仕込んだエッジソールの靴という組み合わせで、大人っぽさと動きやすさを両立させている。フルレングスのパンツをはいているから、チャイナドレスと言うよりアオザイ風か。

ただ、羽扇子を携えているのは明らかに何か勘違いしている。あるいは、東アジア文化を誤解している西洋人向けの演出かもしれない。

もしそうだとするなら、それなりの効果があったと見るべきだろう。カウンターでカジノに入りたいと切り出した有希《ゆき》に、バーテンはチャイナドレス風の上衣と羽扇子をじろじろ見て笑顔で頷《うなず》いた。多分有希《ゆき》を金持ち華僑《かきょう》の放蕩娘《ほうとうむすめ》と勘違いしたのだろう。

相手の勘違いもあって、有希《ゆき》は無事に地下カジノへの潜入に成功した。

地下室の扉の先には、前回侵入した時とは打って変わって熱気が渦巻いていた。

賑《にぎ》やかなBGMや電子機器の効果音は無い。

室内に響く音はプレイヤーの歓声と悲鳴、罵倒のみ。罵倒も他のプレイヤーに対するものではなく、専《もっぱ》ら神や悪魔を呪う声だ。

有希《ゆき》はまず、ルーレット台に陣取った。そこで小出しにチップを賭けながら、こっそり周囲を窺《うかが》う。

ターゲットはポーカーテーブルにいた。ちょうど良《い》い役で勝ったところなのか、ナオミ・サミュエルは派手に歓声を上げていた。

有希《ゆき》は増えたチップを持って――有希《ゆき》がギャンブルに強いわけではなく、単なる偶然である――ポーカーテーブルに移動した。ナオミと背中合わせになる位置だ。

ゲームはディーラーが客四人を同時に相手取る形式だった。どうやらこのカジノは、客同士の対戦にならないよう運営されている模様だ。勝敗がトラブルにつながるのを避ける為《ため》だろう。

ここでも有希《ゆき》はチップを小出しにしながら、長くゲームを続けることを優先する戦術をとっていた。彼女の意識の半分以上は背後から聞こえてくる声に集中している。

どうやらナオミも、順調に勝ち越しているようだ。これならまだ当分はテーブルを離れないだろう。

有希《ゆき》としては一安心だ。

今日の計画における最大の懸念《けねん》事項は、ターゲットが早々に店を出ることだった。後は仕掛けが発動するのを待つばかりだ。

しかしここで、一つ計算違いが発生する。

仕事をする上で必要になるかもしれないと、有希《ゆき》はギャンブルについても一通り教え込まれている。だがそれは、幼少の頃から自分でも知らない内に叩《たた》き込《こ》まれた忍びの技とは違って、亜貿社《あぼうしゃ》に入ってから仕事の合間に覚えさせられた、付け焼き刃の知識だ。ギャンブラーとしては、素人《しろうと》以外の何者でもない。

ところが、どういうわけかその素人《しろうと》の前にチップが積み上がっていた。

有希《ゆき》の実力であろうはずがない。ビギナーズ・ラックというやつだろう。だが、ルーレットやスロットマシンならともかく——ちなみにこのカジノにはスロットマシンが置かれていない——ポーカーでチップが塔を作るような大当たりは、そうそうお目に掛かれるものではない。

有希《ゆき》は図らずも、周囲の注目を集めてしまっていた。——ナオミ・サミュエルの注目も。

「おめでとう！　貴女《あなた》、すごいわ！」

背後から祝福と賛辞を浴びながら、有希《ゆき》の心は後悔でいっぱいになっていた。たとえここか

ら大負けして見せても、彼女の印象は薄れないだろう。

（こっそり近づいて殺《や》るのは、もう無理だな……。こうなりゃ、どさくさに紛れて仕掛けるしかないか）

有希《ゆき》にできるのは、開き直って選択の幅が狭まったのを受《う》け容《い》れることだけだった。

その後も有希《ゆき》は七割くらいの勝率で勝ち続けていた。ナオミも有希《ゆき》の戦績に刺激を受けたのか、一層ゲームにのめり込んでいる。結果的にターゲットの在店時間を引き延ばせたのは不幸中の幸いか。

有希《ゆき》が入店してからおよそ四十分。

ようやく彼女が待っていた騒ぎが起こった。

『警察です！』

カジノのマネージャーらしき黒服が英語で叫んだ。

ざわめきがフロアに広がる。

『一階のボーイが時間を稼いでいます。皆さんはこちらからご避難を！　直接店の外に出られます』

客がチップを投げ捨て、マネージャーが案内した隠し通路に殺到する。

有希《ゆき》はナオミ・サミュエルと逃げるタイミングを合わせるべく、周囲の状況を窺《うかが》った。

そこを不意に、背後から腕をグッと引かれる。

「何をしているの⁉　早く逃げなきゃ！」

振り返った有希《ゆき》は、驚愕《きょうがく》に目を丸くした。

彼女の腕を引いたのは、他ならぬナオミ・サミュエルだった。

ナオミはそのまま有希《ゆき》を抱き込むように引きずって、隠し通路に殺到している客の群れに突入した。

「貴方《あなた》たち、それでも男なの⁉　ここには、か弱いレディがいるのよ。順番を譲りなさい！」

自分と同年代の身形《みなり》が立派な紳士を怒鳴りつけ、人の壁をかき分けながら前に進もうとするナオミ。

(「か弱いレディ」って、あたしのことだろうなぁ……)

身長差の関係でナオミの腕の中にかばわれる格好になりながら、有希《ゆき》は心の中で呟《つぶや》いた。

(参ったな。コイツ、利己的で高飛車なところはあっても本質的には悪人じゃないんだろうな)

今も自分が先に逃げる為《ため》に有希《ゆき》を出汁《だし》にしている節が見られるものの、有希《ゆき》をかばおうとする行為に嘘《うそ》は無い。おそらく、自分よりも小さく、弱い存在は守ってやらなければならないと本気で思っているのだ。

(だけど悪いな。あたしは悪人なんだ。何せ、殺し屋だからな)

有希《ゆき》はわざと足をもつれさせ、通路の床に倒れた。彼女を抱いていたナオミも、引きずられて倒れる。背後から押し寄せていた客が、ナオミに躓《つまず》き彼女の背中に覆《おお》い被《かぶ》さった。絵に描いたような将棋倒しだ。

とはいえ、避難客が何百人にも上るわけではない。

カジノにいたゲストは精々三十人。

有希《ゆき》とナオミの後ろにいたのは十人程度だ。将棋倒しといっても、大惨事には至らない。

実際、のしかかってきた中年男がどいてすぐに、有希《ゆき》とナオミも立ち上がった。ただし、ナオミは有希《ゆき》に背負われて。

「大丈夫ですか？」

中年男がナオミに訊《たず》ねる。

「大丈夫です。先に行ってください」

ナオミの身体《からだ》の下から有希《ゆき》が答えた。

「警察が来ますよ」

「あ、ああ」

有希《ゆき》が付け加えた言葉に、中年男は躊躇《ためら》いがちに通路の奥に進む。

後続の男たちも、壁際《かべぎわ》に寄った有希《ゆき》を追い越していく。

立ち止まってナオミに手を貸そうとする者は、それどころか怪我《けが》の具合を確認しようとする者も、誰一人としていなかった。

後続の客が全て通り過ぎ人影が無くなったのを確認して、有希《ゆき》はナオミの死体を通路の壁にもたれ掛けさせる格好で床に下ろした。ナオミを引きずって倒れた瞬間、有希《ゆき》は身体強化《フイジカルブースト》を発動して下になった体勢でナオミの首を折ったのだ。

じっくりと観察されたらナオミが死んでいることを他の客に気付かれたかもしれないが、警察を恐れて逃げ惑うゲストにその余裕は無かった。

ナオミ・サミュエルの変死を知れば一緒にいた東洋女のことを思い出す者もいるだろうが、その点について、有希《ゆき》は余り心配していない。今日、彼女は顔を見られることを前提の厚化粧をしている。化粧と言うより変装のレベルだ。他の客の記憶には派手なチャイナドレスと長く引いた赤いアイライナーの印象しか残っていないに違いない。

しかしこれで幕が下りる程、有希《ゆき》の仕事は簡単なものではなかった。それはこの仕事に限ったことではなく、暗殺者《あんさつしゃ》稼業《かぎょう》全般に言えることで、今回も例外ではなかった。

「お客様、如何《いかが》されましたか？」

背後から掛けられた、店員の声。その声音は心配しているというより、迷惑そうな色合いが強い。警察に踏み込まれた状況で体調を崩すなど、確かに、店の者としては歓迎できる事態ではないだろう。

しかし、迷惑を覚えているのは有希《ゆき》も同じだった。

(──仕方が無い)

有希《ゆき》は顔の下半分を覆うヴェールを素早く装着し、振り返りざまナイフを投げた。

「──っ！」

ナイフは狙い過《あやま》たず、店員の喉を貫きその命を奪う。

(どうせコイツらは縄張り荒らしで皆殺しになる予定だったんだ。あたしが片付けても文句は言われんだろ)

実を言えば、一階に押し掛けている警官は偽物《にせもの》だった。

所轄の警察署は有希《ゆき》の推測どおり、この店の経営者と癒着していた。鰐塚《わにづか》がその裏を取り、この辺りを縄張りにしているヤクザを通じて警察に圧力を掛けたのだ。

ヤクザが警察を脅すなんてできそうもないように思われるが、今回のケースでは警察の側に違法カジノを目こぼししていたという弱みがある。

それに、持ちつ持たれつは外国人犯罪者に限った話ではない。やり過ぎないヤクザは、やり過ぎる犯罪集団に対する抑止力という意味で警察にとって一定のメリットがある。

今回有希《ゆき》たちが利用した「一家」は、麻薬売買に手を出さないという取り決めで所轄と密《ひそ》かな協力関係を築いているヤクザだった。

所轄署による縄張り荒らし黙認は「一家」にとって裏切りであり、有希《ゆき》たちが手を借りるのは容易だったたし、警察の妥協も引き出し易《やす》かった。

偽警官は「一家」の構成員だ。そして今日、ここで何が起こっても、後で何人か適当に自首するだけで済むことになっている。

ヤクザは違法カジノの関係者を皆殺しにする予定だったから、自首した者は死刑を免《まぬが》れられないだろうが、そこは本人たちも納得して手を挙げたはずだ。有希《ゆき》が気にすることではなかったし、彼らの運命に殺し屋が気を病むのは偽善というものだろう。

とにかく、皆殺しは既定路線なのだ。有希《ゆき》が口封じを躊躇《ためら》う理由は無かった。

帰ってこない同僚の様子を見に来た店員を皮切りに、有希《ゆき》は地下カジノの従業員を手当たり次第、殺していった。わざわざ獲物を探しに行くような真似《まね》はしなかったが、出くわした相手は全て死体に変えた。

「──っ」

これで七人目。全て一突きで、誰にも声を上げさせていない。ただ、返り血を浴びるのは避けられなかった。

(……このままじゃ、表を歩けないな)

目撃者になりそうな店員を粗方片付け、そろそろここから逃げ出そうか、と考えたところで、有希《ゆき》は自分のひどい格好に気付いた。

血塗《ちまみ》れになったチャイナドレスなど、目立つどころの騒ぎではない。十歩も歩かない内に通報されること、間違い無しだ。

(確かこっちに……ああ、あった)

彼女が探していたのは、女子用トイレだった。彼女はもう一度フロアを見回して、「Ｌａｄｉｅｓ」というプレートが貼り付けられた扉を引いた。

中には個室が二つと手を洗う為《ため》の洗面ボウル、鏡が二つずつ。

有希《ゆき》は手前側の鏡の前に立って、蛇口を捻《ひね》った。彼女はまず手袋をはめたままの状態で手を洗い、表面に付いた血を落として水気を丁寧に拭い取る。そして手袋を脱がずに顔の下半分を隠すヴェールを外した。

そこで彼女は振り向きざま、隠し持っていたスローイングダガーを投げた。

「ぎゃっ！」

ダガーはそっと開かれた個室のドアの隙間から突き出された手に突き刺さっている。

音を立てて床に落ちた物は、小型の自動拳銃だ。

有希《ゆき》は個室の扉を引き開け、背後から彼女を狙い撃とうとした人物を引きずり出した。

「変態か？」

有希《ゆき》が声と視線で軽蔑を露《あら》わにする。女子トイレの個室から「ぐうう……」と苦鳴を漏らしながら転がり出てきたのは、中年の男性だった。

スタイルはすっきりしておりルックスもダンディで「中年」と言うより「ナイスミドル」と

いうフレーズの方が似合いそうな外見だったが、女子トイレに潜んでいたという事実が全てを台無しにしていた。

「んっ？　お前は……」

その変態の顔に、有希《ゆき》は見覚えがあった。中年男性は、先程カジノの客に避難を呼び掛けたマネージャーだった。

どうやら逃げ遅れて隠れていたらしい。

あるいは——、

「……もしかして、あの通路からは逃げられなかったのか？　外につながっているというのは嘘《うそ》だった？」

「そ、そんなことはない！」

有希《ゆき》が漏らした疑念を、マネージャーは慌てて否定した。

「あの通路が外につながっているのは本当だ」

「だったら何故《なぜ》お前はあそこから逃げなかったんだ？」

「それは……」

マネージャーが口ごもる。それだけで、あの通路がろくな場所につながっていないと分かった。

「……まあ、良《い》いか」

しかし有希《ゆき》はそれ以上、追及しなかった。

「信じてくれるのか？」

マネージャーが、縋《すが》り付《つ》かんばかりの態度で問う。

それに対して、有希《ゆき》は冷たく答えた。

「いや、どうでも良《い》い」

彼女の右手には、何時《いつ》の間《ま》にか二本目のダガーが握られていた。

有希《ゆき》の足が弧を描く。

中段蹴りの軌道で放たれた一撃は、両膝を突いていたマネージャーの顔を直撃し、彼を再びトイレの床に転がした。

有希《ゆき》の右手が翻《ひるがえ》る。

ダガーは、彼女の指の間からマネージャーの喉へ移動していた。

有希《ゆき》はマネージャーを一瞥《いちべつ》して間違いなく死んでいることを確認すると、鏡に向き直った。

左手で、返り血が撥《は》ねている長い髪を掴《つか》み、右手で頭皮の辺りをまさぐる。

右手を髪の中から抜き、有希《ゆき》は髪を掴《つか》んだまま左手で引っ張った。

長い髪がずるりと落ち、その下からタイトに纏《まと》めた有希《ゆき》本来の髪が現れる。

血が付いていた髪は、汚れることを見越したウィッグだったのだ。

次に有希《ゆき》は、チャイナドレス風の上衣を両手で摑《つか》み、勢いよく左右に引っ張った。引き裂くように脱ぎ捨てられたチャイナドレスの下は、スリムパンツと合わせた暗い色の、ピッタリした薄いシャツだった。

有希《ゆき》は鏡で返り血が残っていないことを確認してメイクを落とす。その後、カツラ、ヴェール、チャイナドレスを纏《まと》めてマネージャーの死体に被《かぶ》せ、火をつけた。

急ぎ足で彼女がトイレを出た直後、スプリンクラーが作動した。

有希《ゆき》が火をつけた小道具は燃え広がる程の派手な炎を上げなかった代わりに、降り注ぐシャワーを浴びても燃え続けた。後に残ったのは、一切の手掛かりにならない灰と、人相が分からなくなるまで顔を焼かれた死体だけだった。

［6］

十月二十日、土曜日の朝——と言うより昼前。

ようやく起きてきた有希《ゆき》を、奈穂《なお》の笑顔が迎えた。

「有希《ゆき》さん、昨日はお疲れ様でした。ニュースチャンネルは大騒ぎですよ」

ニコニコ、というよりニヤニヤ。奈穂《なお》にしては珍しい笑い方だ。

有希《ゆき》がダイニングの定位置に腰を下ろす。奈穂《なお》が彼女の前にこのところ定番となっているコンレーチェのカップを置いた。そして、リモコンを手に取ってテレビをつける。有希《ゆき》の家のテレビは事件ニュースのチャンネルがデフォルトだ。

画面の中ではちょうど、昨晩六本木《ろっぽんぎ》で発生した大量殺人を取り上げていた。

「十八人とは、随分頑張りましたねぇ」

奈穂《なお》がニヤニヤ笑いながら話し掛けてきた。その口調は、労《ねぎら》いというより冷やかしだ。

「……あたしが殺《や》ったのはその半分だ」

まだ眠気が取れないのか、有希《ゆき》が面倒臭そうに言い返す。

「九人でも十分に大量殺人ですよ」

有希《ゆき》の正面から呆れ声の応えが返った。

「アニー、何故《なぜ》お前がここにいるんだ……」

有希《ゆき》の正面で甘くないコーヒーを飲んでいたのは、「アニー」こと姉川妙子《あねがわたえこ》だった。

「もちろん、仕事の相談をする為《ため》ですよ。今日お邪魔するってお伝えしたでしょう？」

有希《ゆき》の質問に、妙子《たえこ》はまるで悪びれることなく答える。

「……もっと遅い時間に来るものだと思っていたぜ」

実際、妙子《たえこ》の方に落ち度は無かったことが判明した。

「アニー。済まないが、話はメシを食ってからで良《い》いか？」

「姉川《あねがわ》さんもご一緒に如何《いかが》ですか？」

横から奈穂《なお》が口を挿《はさ》む。

「あら、良《い》いの？」

こうして有希《ゆき》は妙子《たえこ》とブランチ（妙子《たえこ》にとってはランチ）を一緒に取ることになった。

「今、テレビで言っていた『事故死者』というのがターゲットのナオミ・サミュエルですね？」

「——そうだ」

妙子《たえこ》の質問に、有希《ゆき》は口の中の物を呑《の》み込《こ》んでから頷《うなず》いた。

六本木《ろっぽんぎ》の大量殺人事件を扱っているニュースの中で、ナオミのことは（ただし、実名は伏せられている）「地下カジノから逃走中、将棋倒しの下敷きになって首の骨を折ったと見られる」

と報じられた。首の骨折が背後からの強い圧迫によるものと判定されたこと、他にも背中側に数カ所の骨折があったことが根拠とされている。

「今のところ、ナッツを容疑者として捜査する動きは無いようですが、やはり、殺しすぎたのでは？」

「目撃者の口封じは、あたしたちの稼業《かぎょう》の基本だ」

妙子《たえこ》の懸念《けねん》を、有希《ゆき》は「どこ吹く風」とばかり流した。

「でも、これだけの大量殺人です。警察もそう簡単に矛を収めないと思いますけど」

そこへエプロンを着けたままの奈穂《なお》が加わった。――念の為《ため》に付け加えておくと、奈穂《なお》も妙《たえ》子《こ》も有希《ゆき》を責めているのではなく案じているのである。

「あたしが手を出さなくても、大量殺人事件になるのは変わらなかったぞ？　皆殺しが既定路線だったんだからな」

有希《ゆき》に動じた様子は無いが、多少は問題意識を懐《いだ》いているのか、やや力の入った反論を返した。

「でも、ナイフを使ったのは有希《ゆき》さんだけで、ヤクザの皆さんの得物は銃だったんですよね？」

「ナイフを使う殺し屋なんてありふれているだろ」

「まあ……そうですね」

有希《ゆき》の態度が投げ遣《なや》りになり始めたのを見て、妙子《たえこ》が論調を変えた。

「口封じは避けられないことでした。『犯人』も捕まったことですし、警察が余計な色気を出さないことを祈りましょう」

これで終わり、というニュアンスを汲《く》み取《と》ったのか、奈穂《なお》も、有希《ゆき》本人もそれ以上昨夜の事件には触れなかった。

妙子《たえこ》がリモコンを手に取り、テレビを消す。

そして改めて、有希《ゆき》と正面から視線を合わせた。

「これで残りは一人となったわけですが、今後の方針は決まっているんですか？」

「方針なんて決まってる。的《まと》を殺すだけだ。ただ、まだ段取りがついていない」

有希《ゆき》の回答は、「実質的に、まだ何も決まっていない」と同じ意味だった。

「どうするんですか？　期限を切られていないとはいえ、余り時間を掛けるわけにもいかないと思いますが……。それとも、敢《あ》えて時間をおいて相手が警戒を解くまで待ちますか？」

「……グズグズ引き延ばすつもりは無い」

妙子《たえこ》の問い掛けに、有希《ゆき》は渋い顔で答えた。「時間を掛けられない」というのは、有希《ゆき》も考えていることだった。

「だが無謀な突撃をするつもりも無い。今はクロコの調査待ちだ」

「そうですか……。何でしたら、私がマンションに出入りするタイミングを狙って狙撃しましようか？」

妙子《たえこ》の提案に、有希《ゆき》は首を振った。――縦に、ではなく左右に。

「多中《たなか》のマンションの周りに安全な狙撃ポイントは無い。リスクを取るのは、本当に手が無くなってからだ」

「分かりました……」

妙子《たえこ》は残念そうに引き下がった。ターゲットの自宅近辺に、狙撃に適した場所が無いのは彼女も自分で確認済みだった。

「――とにかく、まだ焦《あせ》る段階じゃない。順調に的《まと》は減らしているんだ。クロコの調査が終わるまで待て」

有希《ゆき》の言葉に、異存の声は上がらなかった。

◇　◇　◇

多中《たなか》少佐が自宅に借りているマンションは官舎ではないが、軍機漏洩《ろうえい》防止の観点からセキュリティに関して国防軍の審査を受けている。つまり、セキュリティは国防軍のお墨付きということだ。有希《ゆき》たちが襲撃を躊躇《ためら》うのも故無きことではなかった。

マンションへの侵入は難しい。

だが基地への侵入はもっと難しい。

となれば狙い目は私的な外出時か、または基地とマンションの往復——通勤途中となる。基地とマンションの往復は従卒が運転する自走車で徒歩になる時間はゼロだが、マンションの中や基地内で仕掛けるよりは、まだ可能性が高い。

とは言っても、多中《たなか》少佐は通勤中も監視を受けている。有希《ゆき》が襲撃に踏み切らないのは多中《たなか》を監視している軍人に見られたくないからだ。

しかし身許《みもと》がバレてしまうリスクより、多中《たなか》を暗殺できるチャンスを優先した者もいた。

十月二十二日、月曜日。

三日前、ナオミ・サミュエルが殺されたことで——マスコミは事故死と報道したが、多中《たなか》は他殺だと確信していた——彼の恐怖はますます高まった。

土曜日は基地から早々に帰宅し日曜日はずっとマンションにこもっていた多中《たなか》だが、現段階では自分が狙われているという根拠は無い。

閑職に追いやられているとはいえ他人を納得させられる理由も無く欠勤するわけにもいかず、彼は死の影に怯《おび》えながら基地に赴き、ようやく拘束時間が終わって帰宅しているところだった。

軍内での立場が悪化している多中《たなか》にとって、基地の中も安心できる場所ではなかった。自分を口封じしたがっている高級士官は少なくないと彼は知っている。

今や自宅が多中《たなか》にとって唯一安全と信じられる場所だった。彼は一刻も早くマンションの自室に戻るべく、終業時間になると同時に残っている仕事を全て放り投げて帰り支度を整えた。

昔の伝手《つて》をたどって護衛兼任の従卒に引き抜いた仲間《なかま》杏奈《あんな》一等兵の運転する自走車で、多中《たなか》は基地のゲートを出た。

基地から自宅のマンションまで、順調にいけば自走車で十分前後。交通管制が発達した現代、渋滞は滅多に発生しない。今日も十分足らずで自宅にたどり着くはずだった。

季節は秋の半ば。夜の訪れは早い。まだ午後五時を少し過ぎたところだが、辺りは既に暗くなり始めている。だが、まだ街灯の光はまばらだ。

自然の光は乏しく、人工の明かりも乏しい。

黄昏《たそがれ》の名に相応《ふさわ》しい、不確かな視界。

自走車に急ブレーキが掛かる。

運転手がブレーキを踏んだのではなかった。

自走車が障碍物《しょうがいぶつ》を感知して緊急停止システムが作動したのだ。

「何があった⁉」

多中《たなか》が杏奈《あんな》に問う。

「飛び出しです。本車の前に人が飛び出してきました」

「何処《どこ》の馬鹿だ。自殺志願者か？」

杏奈《あんな》の答えを聞いて、多中《たなか》は忌々《いまいま》しげにそう吐き捨てた。

この時代、幹線道路では自走車用道路と歩行者用道路が完全に分離されている。多中《たなか》が怒るのは当然だった。

「閣下、伏せてください！」

だが彼の怒りは、杏奈《あんな》の叫びに吹き消された。

後方勤務が長くても、そこは現役の軍人だ。多中《たなか》は杏奈《あんな》の警告に即、反応した。

自走車の鼻面《はなづら》に立つ男の手には、サブマシンガンが握られていた。

車を止めたのは、若宮《わかみや》だった。

サプレッサーが取り付けられた銃口から、低速重量弾が吐き出される。

フロントガラスに細かなヒビが広がる。防弾ガラスは最初の数発を食い止めたが、この車に使われているのは戦闘車両に採用されている「装甲ガラス」ではなく伝統的な「防弾ガラス」だ。一点に集まるフルオート射撃はガラス層を砕き、プラスチック層を突き破り、防弾ガラスに穴を開けた。

車内に、銃弾の雨が飛び込む。

銃撃は頭を抱え丸くなっている多中《たなか》の頭上を通り過ぎた。

銃声が止《や》む。

「閣下、どうぞそのままで」

多中《たなか》は杏奈《あんな》の声と、運転席のドアが開く音を聞いた。

多中《たなか》が恐る恐る顔を上げる。

道路上では、撃ち尽くしたサブマシンガンをナイフに持ち替えた若宮《わかみや》と、両手にナイフを構えた杏奈《あんな》が対峙《たいじ》していた。

「お前、『石化の魔女』だな？」

若宮《わかみや》が杏奈《あんな》に話し掛ける。どうやら彼は、仲間《なかま》杏奈《あんな》のことを知っているようだ。

杏奈《あんな》は応えない。彼女は隙を窺《うかが》うように、若宮《わかみや》をじっと見詰めている。

「お前も『魔兵研《まへいけん》』の実験材料にされた口だろう？　何故《なぜ》その男をかばう？」

杏奈《あんな》の表情が微《かす》かに動く。しかし、それだけだ。依然として、彼女は若宮《わかみや》に応えを返さない。

「どけ。邪魔をするなら、同じ実験体と言えど容赦はしない」

若宮《わかみや》が最後通告を送る。それでも、杏奈《あんな》は沈黙したままだ。

若宮《わかみや》は焦《じ》れたように一歩、足を踏み出した。その耳に、接近するサイレンの音が届く。

「チッ！」

彼は時間を掛けすぎたことに気付いた。

若宮《わかみや》が足を速める。

その前に杏奈《あんな》が立ち塞がった。

銀光が空気を切り裂く。

若宮《わかみや》がステップバックして刃を躱《かわ》した。

先に斬り掛かったのは、杏奈《あんな》だった。

左のナイフを躱《かわ》された杏奈《あんな》はさらに一歩踏み込み、左手を引く反動を利用して右手で斬撃を繰り出す。

若宮《わかみや》は杏奈《あんな》のブレードを自分のナイフで受けた。

杏奈《あんな》の刃が根元から切り落とされる。

若宮《わかみや》の『高周波ブレード』だ。

杏奈《あんな》の動きが一瞬止まる。

若宮《わかみや》は、その隙に乗じて杏奈《あんな》を攻撃——しなかった。

彼は武器を失った杏奈《あんな》の右側をダッシュですり抜けた。

そのまま、多中《たなか》が潜む自走車に迫る。若宮《わかみや》は後部座席のドアレバーに手を掛け、凄絶な笑みを浮かべながらドアを開けた。

表情を凍り付かせた多中《たなか》少佐が若宮《わかみや》の前に姿を見せる。

若宮《わかみや》は多中《たなか》を引きずりださんと手を伸ばし——そこで動きを止めた。

銃声が鳴る。

多中《たなか》の手に構えられた小型拳銃の銃口から硝煙が漏れ出している。

若宮《わかみや》は脇腹を押さえて二歩、三歩と後ろによろめきながら、手にするナイフを多中《たなか》目掛けて投げつけた。

ナイフは、反射的に翳《かざ》した多中《たなか》の右腕に突き刺さる。

多中《たなか》は悲鳴を上げて銃を落とした。

杏奈《あんな》が若宮《わかみや》の側面から接近する。

若宮《わかみや》は左手で左の脇腹を押さえたまま、右手で予備のナイフを抜いて応戦の構えを取った。

そしてその瞬間、彼の身体《からだ》は再び硬直する。杏奈《あんな》の魔法がまたしても若宮《わかみや》を捕らえたのだ。

左手のナイフを右手に持ち替えて、杏奈《あんな》が動きを止めた若宮《わかみや》に襲い掛かる。

突如、若宮《わかみや》の全身から想子光《サイオンこう》が迸《ほとばし》った。

正面からまともに吹き付ける想子《サイオン》の爆風に、杏奈《あんな》は思わず足を止める。

そこに、硬直から解放された若宮《わかみや》が迫る。

杏奈《あんな》は反射的に右手のナイフを横に薙《な》いだ。

鋭い金属音を発して、ナイフが弾《はじ》かれる。

後ろに体勢を崩した杏奈《あんな》は、苦し紛れで前蹴りを繰り出した。

彼女の左足は、若宮《わかみや》の左腕に阻《はば》まれる。

ブロックされた反動で杏奈《あんな》は尻餅をついた。苦し紛れの攻撃は大きな隙を曝《さら》してしまう結果となったが、追撃は無かった。

体勢を崩しているのは、若宮《わかみや》も同じだった。彼は苦しげに脇腹を左手で押さえていた。その指の隙間から血が滴《したた》り落《お》ちている。杏奈《あんな》の蹴りをブロックした衝撃で銃創が開いたようだ。

杏奈《あんな》は尻餅をついただけで、怪我《けが》はしていない。彼女は若宮《わかみや》に決定的なダメージを与えるべく、急いで立ち上がった。

(ここまでか……)

若宮《わかみや》は心の中で形勢の不利を認めた。銃弾は貫通している。重要な臓器も外れており、すぐに治療しなくても命に関わるものではない。

だが、出血が多い。このままでは遠からず動けなくなるだろう。そこに至らなくても、傷口を手で圧迫し続ける為《ため》に不自然な体勢を余儀なくされている。十分な戦闘が可能な状態ではなかった。

それに、サイレンがますます近づいてきている。まもなく警察が到着するだろう。この場で多中《たなか》少佐の命を奪うのは、諦めざるを得ないようだ。――若宮《わかみや》は撤退を決断した。

車道と歩道を遮る高い柵に向かって、若宮《わかみや》は走り出した。大型トラックの激突も受け止める、歩行者保護の丈夫な柵だ。人が通り抜ける隙間も無い。横断歩道という物も無く、柵が途切れているのは乗降用のスペースが設けられている場所だけだ。

だが、その頑丈な柵も若宮《わかみや》の『高周波ブレード』にとってはバターも同然。多中《たなか》少佐の車の前に立ち塞がった際も、彼は柵を切り取って車道に侵入していた。

同じように、柵を切り落として車道から脱出しようとする若宮《わかみや》の背後に杏奈《あんな》が迫る。彼女に若宮《わかみや》を殺害する意図は無いが、再度の襲撃を避ける為《ため》に無力化して捕らえようとしているのだ。

若宮《わかみや》がチラリと背後を振り返る。その瞳に迷いが浮かんでいた。

逃走を優先するか。それとも、いったん迎撃して背後の安全を確保するか。

その迷いは、杏奈《あんな》に仕掛ける時間を与えた。

約十メートルの距離を挟んで、杏奈《あんな》の視線が若宮《わかみや》を捕らえる。

若宮《わかみや》の動作が、石化したように止まった。

若宮《わかみや》の全身から想子光《サイオンこう》が迸《ほとばし》る。

──『術式解体《グラム・デモリッション》』。

若宮《わかみや》の肉体が自由を取り戻した。

この時既に、杏奈《あんな》は五メートルの距離に迫っていた。

若宮《わかみや》が振り返り、迎撃を選択する。だがその決断は、遅きに失していた。彼が白兵戦の態勢を整えるより先に、杏奈《あんな》が彼女の間合いに入る。そんなタイミングだった。

しかし実際には、杏奈《あんな》はナイフが届く間合いまで踏み込めなかった。

彼女は逆に、大きく後方に跳躍した。跳び退《すさ》ることを強いられた。

──二人の間に突っ込んで来たバイクによって。

「乗れ！」

小柄なライダーが若宮《わかみや》に向かって叫ぶ。

「お前は⁉」

「問答は後だ！　早くしろ！」

若宮《わかみや》が、右手のナイフを杏奈《あんな》に投げつけ彼女がそれを打ち落としている隙に、タンデムシートに跨《また》がる。

杏奈《あんな》が目を上げた時にはもう、バイクは彼女の「力」の射程外まで走り去っていた。

◇◇◇

図らずも若宮《わかみや》を救出することになった有希《ゆき》は、彼を自宅ではなく亜貿社《あぼうしゃ》が懇意にしている病院へ連れて行った。

色々と訊《き》きたそうにしている若宮《わかみや》を医者が待つ処置室へ放り込み――処置室では体格の良《い》い看護師が手ぐすねを引いていた――、有希《ゆき》は待合室で鰐塚《わにづか》と合流した。

「ナッツ、お疲れ様です」

「ギリギリだったぜ……」

鰐塚《わにづか》の労《ねぎら》いに、有希《ゆき》はグッタリした態度で応えた。

「確かに、ひどい出血でしたね」

鰐塚《わにづか》は処置室に目を向け、その後有希《ゆき》のライダージャケットに付着している血糊《ちのり》を見ながら納得感を込めて頷《うなず》いた。

「死ぬような傷じゃねえよ。弾は貫通しているみたいだしな」

しかし、有希《ゆき》はそういう意味で「ギリギリ」と言ったのではない。

「それより、もう少しで警察と鉢合わせるところだったぞ」

彼女の声音は少し恨みがましかった。

「それは……すみません」

対する鰐塚《わにづか》の口調は苦笑気味だ。

「警察の動きは事前にお知らせしたとおりでしたが」

鰐塚《わにづか》は有希《ゆき》に、警察の到着直前のタイミングになると注意していた。その警告を振り切って突っ走ったのは有希《ゆき》だ。自分に文句を言われても……、というのが鰐塚《わにづか》の偽らざる気持ちだった。

「だからといって、放《ほ》っとくわけにはいかんかっただろ」

「何故《なぜ》です？」

問い返した鰐塚《わにづか》は、真顔だった。

「何故《なぜ》って……」

「『リッパー』はチームのメンバーどころか協力者ですらありません。非敵対協定を結んだとはいえ、本来であれば我々の仕事の邪魔になる存在です。危険を冒してまで助けなければならない相手ではないと思いますが」

咎《とが》める口調で、鰐塚《わにづか》が有希《ゆき》に真意を問う。

「それは俺も訊《き》きたいな」

割り込んできた予想外の声に、有希《ゆき》と鰐塚《わにづか》がハッとした顔で振り返る。

その視線の先には、上半身裸で腹に包帯を巻いた若宮《わかみや》が、壁に寄り掛かる体勢で立っていた。

「何故《なぜ》俺を助けた？　お前たちに、俺を生かしておく理由は無いはずだ」

有希《ゆき》は若宮《わかみや》のセリフに顔を顰《しか》めた。

「話をしたいなら先に服を着ろ。レディの前だぞ」

有希《ゆき》の抗議に若宮《わかみや》は「レディとは誰だ」――などという空気を無視した発言はしなかった。

彼は無言で処置室に引き返し、入院患者用の上衣を着て戻ってきた。

「これで良《い》いか？」

「……ああ」

むしろ有希《ゆき》の方が、若宮《わかみや》の素直な対応にやや面食らっている様子だった。

「では、理由を聞かせろ」

改めて若宮《わかみや》が有希《ゆき》に問う。

有希《ゆき》は辟易《へきえき》した口調で「真面目かよ」と呟《つぶや》き――彼女が感じたとおり、どうやら若宮《わかみや》は生真面目な質《たち》のようだ――、若宮《わかみや》の視線を正面から受け止めた。

「お前を助けた理由だったな。——何となく、だ」

「なにっ？」

若宮《わかみや》が目を丸くする。鰐塚《わにづか》は「やれやれ……」という表情だ。

「だから、特に理由は無い。敢《あ》えて言うなら、勘だな。お前を助けておいた方が、後々有利に働く気がした。それだけだ」

「……恩に着るつもりは無いぞ」

「安心しろ。恩義や善意を押し売りするつもりはねえよ。ただお前を助けておいた方が、結果的にあたしの利益になりそうだ、と思っただけだ」

彼ら三人しかいない待合室で、鰐塚《わにづか》は大きなため息を漏らした。

「ナッツの直感を否定するつもりはありませんが……もう少し損得勘定に気を配って欲しいですね。将来、大きな儲《もう》けを見込めても、先にチップが尽きたら絵に描いた餅に終わるんですから」

有希《ゆき》はうんざりした顔で手を振った。

「分かった分かった。そんなに分が悪い賭けでもなかったんだがな……」

「そもそも賭けに出るべき状況なのか、もう少し考えて欲しい、と言っているんです」

有希《ゆき》がボソリとこぼした言い訳は、鰐塚《わにづか》の更なるお小言を呼んだ。

「分かったよ。以後、気をつける」

白旗を揚げた有希《ゆき》を、鰐塚《わにづか》が「本当でしょうね……？」という目付きで見据える。

置いてきぼりにされた若宮《わかみや》は、口を挿《はさ》む機会を失って唖然《あぜん》としていた。


「手当は終わりましたか？」

三人が何となく黙り込んだところに話し掛けたのは「アニー」こと姉川妙子《あねがわたえこ》だった。彼女は今病院に到着したところだ。

「アニー、どうしたんだ？　クロコに呼ばれたのか？」

有希《ゆき》のこのセリフからも、彼女の登場が予定外であることが分かる。

「いえ、社長のお供です」

「社長の？」

有希《ゆき》の声には、訝《いぶか》しさよりも驚きの成分が勝っていた。

「ええ」

妙子《たえこ》は有希《ゆき》に頷《うなず》き、若宮《わかみや》に目を向けた。

「若宮《わかみや》さん。それとも『リッパー』と呼んだ方が良《い》いですか？」

「どちらでも好きな方で呼べ」

妙子《たえこ》の問い掛けに、若宮《わかみや》は愛想《あいそ》の無い声で答える。

「それでは、リッパー」

若宮《わかみや》の突《つ》っ慳貪《けんどん》な態度に、妙子《たえこ》は眉一つ動かさなかった。

「手当が終わっているようでしたら、少々時間をいただきたいのですが」

若宮《わかみや》は「良《い》い」とも「悪い」とも答えず、用件を訊《たず》ねた。

「何の用だ」

「社長が少し、話をしたいと申しております」

「話がある、ということか？」

目付きを険しくした若宮《わかみや》に、妙子《たえこ》が慌てて両手を振る。

「いえいえ。そんな喧嘩腰《けんかごし》にならないでください。話をしたいというのは文字通りの意味です。それ以上の意図はありませんよ」

若宮《わかみや》は疑わしげに妙子《たえこ》を睨《にら》みながら、横柄《おうへい》に鼻を鳴らした。

「……良《い》いだろう」

「すまんな」

その応えと同時に、柱の陰から体格の良《い》い和服姿の男性が姿を見せる。オールバックの髪は、白髪混じりの（所謂《いわゆる》）ロマンス・グレー。だが姿勢にも顔付きにも衰えを窺《うかが》わせる所は無い。実年齢は六十二歳だが、五十代でも通用するだろう。

「社長！」

鰐塚《わにづか》が上げた声からも分かるように、この老人は亜貿社《あぼうしゃ》社長・両角来馬《もろずみくるま》だった。有希《ゆき》も目を見張っている。彼女の顔には「まさか」と大書されていた。社長の両角《もろずみ》が現場に出てくることは原則としてない。

亜賀社《あぼうしゃ》を立ち上げる前は政治家御用達《ごようたし》の非合法工作員として名《な》を馳《は》せた両角《もろずみ》の腕はまだ衰えていない。そのことを彼にスカウトされた社員は知っている。

有希《ゆき》のように危ういところを助けられた社員もいれば、何時《いつ》の間《ま》にか隠れ家に忍び入られて生殺与奪を握られた状態で勧誘を受けた社員もいる。有希《ゆき》は両角《もろずみ》の技量を亜賀社《あぼうしゃ》でも五指に入ると評価している。

だが亜賀社《あぼうしゃ》を設立してから、両角《もろずみ》は殺しの現場のみならず、殺し屋に様々な便宜を供与する「後方」に出向いたこともほとんど無い。ここ数年で仕事に関連して、営業活動以外で彼が社長室を出たのは二年前、当時は敵対していた黒羽家《くろばけ》に拉致された時くらいのものだ。

有希《ゆき》や鰐塚《わにづか》の驚きは、大袈裟《おおげさ》ではなかった。妙子《たえこ》の「社長のお供」というフレーズを聞いても「まさか」という想《おも》いが勝っていたのだ。

「あんたが社長さんか？」

「うむ。亜賀社《あぼうしゃ》社長の両角《もろずみ》だ」

若宮《わかみや》の問い掛けに、両角《もろずみ》が貫禄《かんろく》たっぷりに頷《うなず》く。

「亜賀社《あぼうしゃ》……そういえば、そこの女が言っていたな。自分は亜賀社《あぼうしゃ》から派遣されたスナイパーだと」

若宮《わかみや》は己の記憶を探る表情を見せた。

「両角来馬《もろずみくるま》に率いられた亜貿社《あぼうしゃ》……。聞いた名前だ。そう……今、思い出した。政治屋を主なターゲットにする暗殺結社」

「その亜貿社《あぼうしゃ》で相違ない」

両角《もろずみ》が若宮《わかみや》の独白に再び頷《うなず》く。

若宮《わかみや》の顔に、軽い驚きの表情が浮かんだ。

「そんな大手の社長さんが、俺のようなしがない一匹狼《いっぴきおおかみ》に何の用だ？　スカウトでもしてくれるっていうのか？」

若宮《わかみや》のセリフは期待から発せられたものではなかった。口調も明らかに皮肉寄りだ。

「いや。あいにくと君は、当社の社員にはなれない。条件を満たしていないからな」

だから両角《もろずみ》に断られても、失望する筋合いではないはずだった。

「俺では力不足だと？」

若宮《わかみや》が不満を露《あら》わにしたのは、「条件を満たしていない」というフレーズが彼の自負に引っ掛かったからだろう。

「いや。『縄張り荒らしのリッパー』の評判は聞いている。榛《はしばみ》君――ナッツを追い込んだことから判断しても、君の技量は一流だ。だが――」

「だが、何だ？」

「我が社の採用基準は、腕の良《い》い殺し屋なら誰でも良《い》いというものではない」

「ハッ！　縄張りを荒らすような殺し屋の仁義を弁《わきま》えないヤツに用は無いってことか？」

若宮《わかみや》が馬鹿にしたような態度で吐き捨てる。

「不満かね？」

一方、両角《もろずみ》の物腰は反抗的な学生を宥《なだ》める教師のように、余裕のあるものだった。

若宮《わかみや》が殺気立った目付きで両角《もろずみ》を睨《にら》む。

だがその程度では、両角《もろずみ》の余裕は崩れない。

「……殺し屋の仁義か。以前、何処《どこ》かの組織に言われたことがあるのか？」

若宮《わかみや》の顔に、微《かす》かな動揺が走る。

それを端《はた》で見ていた有希《ゆき》は「案外、分《わ》かり易《やす》いヤツだな」という感想を懐《いだ》いた。

「誤解しないで欲しい。我が社のスカウト条件は、その様なくだらないものではない」

両角《もろずみ》の語調が変わる。声の大きさは変わらないが、強さが増した。

「これは社員にも教えていないことだが、仁義などという建前を振り回す狭量《きょうりょう》な組織と同列視されるのは面白くないから特に明かそう。我が亜《あ》貿社《ぼうしゃ》は忍びの技を修めた者で構成されている。それが、我が社の社員になる条件だ」

有希《ゆき》がアニーへと振り向いたのは、「忍者」と「スナイパー」が結びつかなかったからだ。

だがそれは有希《ゆき》の誤解である。

例えば江戸幕府の百人組――鉄砲足軽百人で構成された部隊は伊賀組《いがぐみ》、甲賀組《こうかぐみ》、根来組《ねごろぐみ》といった名称からも連想されるとおり忍者の部隊であったというのが今では定説になっている。

「忍びの技」は狙撃技術を含む技能体系なのである。

「……亜貿社《あぼうしゃ》は忍者の暗殺結社なのか？」

「魔法師ではない『忍び』の為《ため》の組織だ」

両角《もろずみ》のセリフをほぼ正確に理解する知識を若宮《わかみや》は持っていた。現代において「忍者」と言えば「忍術使い」――幻術をメインとする体系の古式魔法の遣い手を意味することが多い。

しかしその一方で古式魔法師ではない、魔法以外の特殊技能を受け継いでいる「忍者」も社会の裏側に存在している。

その種の「忍者」は身につけた「忍術」を活用する機会を得られぬまま一般人として生きていくか、伝統芸能としてショー化された「忍術」を演じるショーマンとなるか、「忍術」を活《い》かす場を求めて非合法な仕事に手を染めるか、のどれかだ。

亜貿社《あぼうしゃ》は「忍者」に暗殺という非合法業務で活躍の場を与える為《ため》の組織だ、と若宮《わかみや》は理解した。

真相はそれだけではなく、両角《もろずみ》の「忍術使い」に対する反感も亜貿社《あぼうしゃ》設立の大きな動機になっていたが、ほとんど正解と言って良いだろう。

「だから、『条件を満たしていない』か」

「君は『忍者』ではなく、それ以上に魔法師だ。我が亜貿社《あぼうしゃ》に魔法師の為《ため》の席は無い」

両角《もろずみ》が示した明確な「お断り」に、若宮《わかみや》は自嘲気味のため息を漏らした。

「良《い》いさ。……今更、組織に属するつもりは無いんだ。あんたの会社に入れて欲しいとは思っていない」

そのセリフとは裏腹に、若宮《わかみや》が拗《す》ねているように有希《ゆき》は感じた。彼女は若宮《わかみや》をその外見から三十過ぎと思っていたが、「案外、若いのかもしれんな」と思い直した。

「ふむ……組織に属するつもりは無いか。それは残念だ」

両角《もろずみ》が漏らした「残念だ」の一言に、若宮《わかみや》が訝《いぶか》しげな目を向ける。

「我が社に君をスカウトする意思は無いが、スカウトというのはあながち、間違いではない」

「……亜貿社《あぼうしゃ》とは別の組織が俺をスカウトしたがっているというのか？」

若宮《わかみや》の口調は半信半疑、と言うより「疑」が八割を占めていた。

「スカウトを検討する為《ため》、情報を集めている段階だ。私が君に会いに来たのは、その方々に確認を頼まれたからだ」

「その方々？　何者だ？」

有希《ゆき》は若宮《わかみや》と同じ疑問を懐《いだ》き、「黒羽《くろば》か？」という答えに自力でたどり着いていたが、それを口にするほど迂闊《うかつ》ではなかった。

「その方々は多中《たなか》少佐の件が片付いたら、あちらの方から君に接触するだろう。今の段階で、君の質問に答えることは許されていない」

「……依頼主の命令ってわけか」

若宮《わかみや》も無理に答えを要求しなかった。フリーとはいえ、彼も職業暗殺者だ。依頼主の秘密を守ることの重要性は弁《わきま》えている。

「俺の何を確認しろと言われたんだ？」

彼は質問の形で、話を進めるよう両角《もろずみ》に促した。

「君の素性についてだ。リッパー、君が軍の調整体『鉄《くろがね》シリーズ』の生き残りというのは事実か？」

「い、い、生き残りだと⁉」

この質問に、若宮《わかみや》は激しい動揺を見せた。

「『鉄《くろがね》シリーズ』は処分されたのか？」

「我々が入手した情報が正しければ、『鉄《くろがね》シリーズ』の生存者はいない。全員が事故死したことになっている」

食いしばった歯と歯の軋《きし》る音が若宮《わかみや》の口から漏れた。

「……くそっ！　あいつら、地獄に落ちろ！」

呪いの言葉を吐いた後、若宮《わかみや》は何度か深呼吸して気持ちを落ち着けた。

「……社長さんの言うとおり、俺は『鉄《くろがね》シリーズ』の一人だ」

「『術式解体《グラム・デモリッション》』を使えるそうだな？　それは『鉄《くろがね》シリーズ』の特性か？」

「いや、違う。『鉄《くろがね》シリーズ』の中で『術式解体《グラム・デモリッション》』を使えたのは俺だけだ」

「強化実験体に選ばれたのは、それが理由か？」

「……………」

この問い掛けに若宮《わかみや》は答えなかった。

固く唇を引き結び、目に憎悪《ぞうお》の炎を燃え上がらせている。——それが答えだった。

「分かった。私からの質問は、これだけだ」

両角《もろずみ》は満足げに頷《うなず》いて、

「君の方から何か訊《き》いておきたいことはないかね？」

若宮《わかみや》にこう訊《たず》ねた。

「……俺に興味を持っているという組織は、もし俺が国防軍に復讐《ふくしゅう》したいと願ったら手を貸してくれるだろうか？　いや、復讐《ふくしゅう》を果たさせてくれるだけの実力を持っているのか？」

食い入るような目を向けてくる若宮《わかみや》に、両角《もろずみ》は「何だ、そんなことか」と言わんばかりの笑みを浮かべた。

「あの方々がその気になれば、統合幕僚長の首を取るのも容易《たやす》いだろうよ。それどころか、一夜にして政府をひっくり返すことも可能だろうな」

若宮《わかみや》が顔色を変える。

「そんな組織がこの国に……？　まさか、あんたの依頼主は『アンタッチャブル』か……？」

アンタッチャブル、と口にした時、若宮《わかみや》の声は少し震えていた。

「それを知りたくば、当面のターゲットを片付けることだ。そうすれば、あの方々は君に会いに来る」

両角《もろずみ》は思わせぶりな口調で回答を保留した。だが否定しなかったことが既に、答えになっているとも解釈できるものだった。

「君が望むなら、ターゲットの暗殺を我が社の社員に手伝わせても良いが？」

この申し出に対し、若宮《わかみや》は明らかに迷いを見せた。

「……いや、不要だ」

だが彼は結局、首を横に振った。

「そうか。手間を取らせたな」

両角《もろずみ》が若宮《わかみや》に背を向けて出口に向かう。妙子《たえこ》がピッタリと、その背中に続いた。

音を立てて若宮《わかみや》が長椅子に座り込む。彼の顔には、精神的消耗の跡がプリントされている。

一方、有希《ゆき》と鰐塚《わにづか》は両角《もろずみ》が去ったことで、いったん緊張を解いていた。

鰐塚《わにづか》は「フウッ……」と大きく息を吐き、

「驚きました。まさかあの一族がリッパーに目をつけていたとは。結果論ですが、見殺しにしなくて良かったです」

驚愕《きょうがく》に感情の一部が麻痺《まひ》しているのか、まるで心がこもっていない淡々とした口調で呟《つぶや》いた。

「そうだな」

鰐塚《わにづか》の声は聞き取るのが難しい程小さなものだったが、有希《ゆき》は彼のセリフに同感を示した。

鰐塚《わにづか》が改めて有希《ゆき》に顔を向ける。

「ナッツの予感は、これだったんでしょうか」

「分からん。所詮、勘だからな」

鰐塚《わにづか》の問い掛けに、有希《ゆき》は肩を竦《すく》めた。「分からない」というのは彼女の偽らざる本音だ。

「まだ何かあると?」

「それが分かれば、あたしは占い師に転職するよ」

有希《ゆき》の答えに納得した鰐塚《わにづか》が口を閉じる。

「お前たちは……」

代わりに若宮《わかみや》がボソリと声を発した。

「……何者だ? 『アンタッチャブル』と、どんな関係なんだ?」

「どんな、と言われてもな……」

困惑した有希《ゆき》が鰐塚《わにづか》に視線で助けを求める。

「……飼い犬、ですかね。番犬ではなく、猟犬ですけど」

鰐塚《わにづか》は有希《ゆき》にアイコンタクトで同意を求めた。

「そうだな。愛玩犬ではない、と信じたいところだ」

有希《ゆき》がシニカルな笑みと共に頷《うなず》く。

「一体、どういう縁でそんな関係に……」

若宮《わかみや》はなおも「納得できない」という顔で問いを重ねた。

だが、有希《ゆき》も鰐塚《わにづか》もその質問には答えなかった。

「そんなことよりリッパー、お前、本当に一人でやるつもりか？」

質問する側、される側が入れ替わる。

有希《ゆき》の問い掛けに、若宮《わかみや》は一言「ああ」と頷《うなず》いた。

「随分苦戦していたじゃねえか。多中《たなか》の護衛は手強《てごわ》かったんだろう？」

「次は倒す」

その口調に、有希《ゆき》は微妙な違和感を覚えた。

「……多中《たなか》の護衛はお前の知り合いだったのか？　もしかして、同じ調整体か？」

「違う」

若宮《わかみや》は明らかに、ぶっきらぼうなその一言で済ませるつもりだったに違いない。だが、助けられた義理に最低限の情報は提供すべきだ、と思い直したのだろう。

「……調整体ではない。強化実験体だ。直接の知り合いではないが、『石化の魔女』のことは以前ぶち殺した『魔兵研《まへいけん》』のメンバーから聞いていた」

「石化の魔女？」

「多中《たなか》の護衛についていた女のコードネームだ。視界に捉えた相手の速度を奪う魔法師ということだった。実際にヤツの魔法を喰《く》らった感覚とも一致している」

「速度を奪う？　目で見た相手を金縛りにする魔法の遣い手なのか？」

有希《ゆき》が不得要領な表情で問い返す。

「縛るのではない。ヤツの魔法はおそらく『減速領域《ディーセラレイション・ゾーン》』だ」

「ディーセラレイション・ゾーン？」

「日本語では減速領域。対象領域内の物体の運動スピードを一定の比率で減速する魔法です」

首を傾《かし》げた有希《ゆき》に、鰐塚《わにづか》が横からレクチャーする。

「随分と強力な術に思えるが……お前、良く無事だったな」

スピードを重視した戦闘スタイルを得意とする有希《ゆき》は、近接戦闘において速度を殺されることの不利を思い知っていた。

「強化実験体にはありがちなことだが、ヤツの『減速領域《ディーセラレイション・ゾーン》』は本来の術式ではなかった。発動と照準のスピードを強化した弊害だろう。魔法の対象が領域ではなく物体になっていた気がする。射程距離も短かったように感じた」

「その辺りが攻略の鍵か……参考になったぜ」

有希《ゆき》が笑顔と共に感謝を示す。

「そうか」

（んっ？）

若宮《わかみや》の返事に、有希《ゆき》は違和感を覚えた。今の態度は、単に無愛想と言うより照れ隠しのように感じられた。

（やっぱりこいつ、可愛《かわい》いところがあるな……）

可愛《かわい》げなど欠片《かけら》も無い司波《しば》達也《たつや》や、可愛《かわい》い外見に反して中身は苛烈な黒羽《くろば》文弥《ふみや》といった年下の少年に脅《おびや》かされている有希《ゆき》の目には、年上の男性が見せた可愛い側面が新鮮に映った。

「……何だ？」

見れば若宮《わかみや》が自分に訝《いぶか》しげな目を向けている。有希《ゆき》は慌てて顔を引き締めた。

「……何でも無い。最後にもう一つ聞かせろ。『石化の魔女』とやらの本名は分かるか？」

「ああ。確か、仲間《なかま》杏奈《あんな》だったと思う」

「仲間《なかま》杏奈《あんな》だって⁉」

若宮《わかみや》の口から飛び出した名前に、有希《ゆき》は思わず声を上げてしまう。

「知っているのか？」

「いや……」

有希《ゆき》は取《と》り敢《あ》えず言葉を濁したが、上手《うま》く誤魔化せている自信は無かった。

若宮《わかみや》の口から聞いた名前は、今年の春、前回文弥《ふみや》から命じられた仕事で後味の悪い殺し合いをした『山野《やまの》ハナ』が、フィリピンから一緒に亡命してきたという彼女の旧友のものと一致していた。

［7］

基地から自宅に戻る途中、天下の公道で暗殺され掛かった多中《たなか》少佐は帰宅後、憔悴《しょうすい》しきった顔でリビングのソファに座り込んだ。彼の右腕には包帯が巻かれている。若宮《わかみや》のナイフで受けた傷は、事情聴取の傍《かたわ》ら警察の病院で一通りの治療を受けていた。

「仲間《なかま》一等兵、酒だ！」

「はい、ただ今」

杏奈《あんな》がマインドコントロールを受けている者に特徴的な抑揚に乏しい口調で応え、「ただ今」の返事のとおりすぐにウイスキーの瓶とショットグラスを持ってきた。

多中《たなか》は左腕でスコッチウイスキーをショットグラスになみなみと注ぎ、ストレートのまま一気に呷《あお》った。彼は空になったグラスを再びウイスキーで満たし、狂気すら感じさせる据わった眼差《まなざ》しを琥珀色《こはくいろ》の液体に向けた。

「クロガネの小僧が何故《なぜ》今頃になって……」

呻《うめ》き声で呟《つぶや》き、再び一気にグラスを呷《あお》る。

「もう七年だぞ。ヤツには身寄りも戸籍も無い。とっくに野垂れ死んでいるものと……」

多中《たなか》はローテーブルに右拳を振り下ろし、うっかり忘れていた傷の痛みに顔を歪《ゆが》め、「くそっ！」と悪罵を漏らした。

調整体『鉄《くろがね》シリーズ』の最高傑作だった『若宮刃鉄《わかみやはがね》』を強化兵士の実験体として引き抜いたのは多中《たなか》だった。当時、若宮《わかみや》はまだ十二歳。

そして三年後、十五歳になった若宮《わかみや》は強化施設から脱走する。

強化実験をごり押しした結果、最も優れた個体を失った失態を糊塗《こと》すべく、多中《たなか》とその一味は一定の成果を出していた『鉄《くろがね》シリーズ』のデータを改竄《かいざん》し、失敗作の烙印《らくいん》を押して全個体廃棄処分になるよう仕向けた。

若宮《わかみや》のデータも廃棄個体として処理され、脱走の件は多中《たなか》一味の内部だけに秘匿された。

その御蔭《おかげ》で若宮《わかみや》は殺し屋として自由に活動できていたとも言えるが、彼が殺し屋『リッパー』となったのは多中《たなか》の与り知《あずかし》らぬところだ。

今日、若宮《わかみや》が目の前に姿を見せたのは、多中《たなか》にとってまさに青天《せいてん》の霹靂《へきれき》だった。

「俺はもう、お終《しま》いだ……」

多中《たなか》が両手で頭を抱え込む。

自分の命を狙う若宮《わかみや》を上手《うま》く撃退できたとしても、その後若宮《わかみや》が捕まれば、あるいは死体でも彼の身体《からだ》を軍が入手すれば、処分したはずの『鉄《くろがね》シリーズ』が生きていたことが発覚する。

当然軍はその経緯を調べるだろう。そうなれば、自分が『鉄《くろがね》シリーズ』のデータ改竄《かいざん》を主導したことがバレてしまう。

実際には成功していた調整体魔法師を廃棄に誘導したのだ。

貴重な戦闘魔法師を失ったことで軍がこうむった損害は甚大《じんだい》。今度こそ、多中《たなか》は国防軍によって処分されるに違いない。

絶望に囚《とら》われた多中《たなか》の耳に、杏奈《あんな》が腰を折り唇を近付けた。

「――少佐。私がお守り致します」

彼女のセリフ自体は護衛としての忠義を示すものだったが、その口調は残念ながら人間味に欠けるものだった。乏しい表情も相俟《あいま》って、さながらアンドロイドだ。

これは強化措置の副作用によるもので、彼女に責任は無い。責任を問うなら、彼女を強化施設に放り込んだ多中《たなか》にこそ帰されるべきだろう。

しかし、平常心を失っている多中《たなか》にそんな理屈は通用しない。

「気休めを言うな！」

多中《たなか》は杏奈《あんな》を怒鳴りつけ、ソファに引きずり倒す。

ローテーブルが激しく揺れ、ショットグラスがひっくり返りウイスキーが床にまでこぼれた。

濃厚な蒸留酒の匂いがリビングに広がり、多中《たなか》の鼻腔《びこう》を刺激する。鼻から入り込んだ酒精が多中《たなか》の理性をさらに奪った。

彼は杏奈《あんな》の両手を押さえると、貪るように無理矢理彼女の唇を奪った。

杏奈《あんな》は、抵抗しなかった。

多中《たなか》は杏奈《あんな》の襟元に両手を掛け、引き裂くように左右に引いた。ボタンが弾《はじ》け飛び杏奈《あんな》の胸元が露《あら》わになる。

同時に多中《たなか》が顔を顰《しか》めた。急激な動作が右腕の傷に響いたのだ。その痛みが、彼の興奮を少し冷ました。

「……抵抗しないのか？」

多中《たなか》は再び杏奈《あんな》の両腕を押さえ込み、彼女の自由を奪った上でそう訊《たず》ねた。

「少佐のお心が少しでも慰められるのであれば、お望みのとおりになさってください」

相変わらず表情に乏しく、機械的な口調だが、多中《たなか》を見上げる双眸《そうぼう》は熱く潤んでいる。その眼差《まなざ》しが、多中《たなか》の劣情に再び火《ひ》を点《つ》けた。

多中《たなか》が杏奈《あんな》の身体《からだ》に覆《おお》い被《かぶ》さる。

「私は少佐に救われた恩を、忘れていません」

杏奈《あんな》の囁《ささや》きは果たして多中《たなか》の耳に届いたかどうか。

届いたとしても、情欲に支配された多中《たなか》には、彼女の真情を理解する意思が無いに違いなかった。

いや、真情と言うなら、おそらく杏奈《あんな》本人も理解していない。

彼女が帰化手続きに関して多中《たなか》に恩を感じていたのは紛れもない事実だ。

だがその感情は、人体実験によって捻《ね》じ曲《ま》げられた。

国防軍は魔法師開発の初期、人の枠を超えた力を持つ魔法師の叛乱《はんらん》を恐れ、遺伝子改造によって決して叛逆《はんぎゃく》することのない先天的な忠誠心を植え付けようとした。

しかし、この試みは失敗する。

当該遺伝子操作により作り出された魔法師『エレメンツ』は、精神的に不安定で忠誠の対象を計算できない存在だった。

国防軍はこの失敗を踏まえ、後天的に忠誠心を強化、強制する方向に方針を転換した。

杏奈《あんな》はマインドコントロールの一環として、上官に対する盲目的な忠誠心を植え付けられている。

彼女の中では、この強制された忠誠心が恩義の記憶と結び付き、強固な思い込みとなっていた。

それを「愛」と錯覚する程の思い込みに囚《とら》われているのだった。

◇◇◇

多中《たなか》少佐は国防軍に見捨てられた、と考えていた。だが公道上での襲撃が発生した翌日、具体的には十月二十三日火曜日、包帯を巻いた痛々しい姿で出勤した多中《たなか》は基地司令部に呼び出され、しばらく基地内に寝泊まりするよう命じられた。

暗殺者の襲撃から彼の身を守る為《ため》だ。彼に命令を伝えた幕僚は「佐官ともあろうものがたびたび警察の世話になるのは外聞が悪い」と忌々《いまいま》しげな口調でこの措置の理由を説明したが、多《た》中《なか》にしてみれば司令部にどう思われようと今更だった。

基地が彼の身の安全を保障してくれるというのだ。昨日の絶望を引きずっていた多中《たなか》にとっては、態《てい》の良い《い》軟禁であっても、思いがけない救いの手だった。

多中《たなか》少佐が宿泊を命じられた場所は厳密に言えば基地の中ではない。K市の陸軍基地に隣接する軍の研究施設だ。だが多中《たなか》にとっては、かえって都合が良かった。

研究所の正体は魔法師強化施設。彼にとっては古巣も同然の場所であり、周りが敵ばかりの基地より居心地が良い《い》と思われた。

またこの研究所は杏奈《あんな》の強化措置を担《にな》った施設でもあり、いざとなれば援軍も期待できると多中《たなか》は考えた。

彼は上機嫌で、軟禁生活を始めた。

◇◇◇

有希《ゆき》が多中《たなか》の動向を摑《つか》んだのは、十月二十五日、木曜日のことだった。

二十三日、多中《たなか》が自宅に戻らなかったことに、彼の動向を別々に見張っていた鰐塚《わにづか》と妙子《たえこ》が不審感を懐《いだ》き、協力し合ってその所在を突き止めたのである。

「的《まと》は軍の研究施設に缶詰か……。良く分かったな」

一般的に考えて、軍の施設は民間より情報セキュリティがしっかりしているはずである。有《ゆ》希《き》の「良く分かったな」は「軍の情報をこの短時間で良く調べられたな」という意味だった。

「はあ、そうですね」

「何だ、他人事《ひとごと》みたいに。まだ仕事が終わったわけじゃないが、的《まと》の居所を突き止めたのは間違いなくお手柄だぞ」

有希《ゆき》のセリフに、鰐塚《わにづか》は妙子《たえこ》と顔を見合わせた。

「変なんです」

有希《ゆき》に応えを返したのは妙子《たえこ》だった。

「変？　何が？」

有希《ゆき》が訝《いぶか》しげな表情で問い返す。

「簡単すぎたんですよ」

「簡単……？　的《まと》の居所を突き止めるのが簡単すぎたってことか？」

首を傾《かし》げた有希《ゆき》の言葉に、妙子《たえこ》と鰐塚《わにづか》が同時に頷《うなず》いた。

「普通に考えれば、軍が多中《たなか》少佐を暗殺者の凶刃《きょうじん》から守る為《ため》に匿《かくま》ったのです」

鰐塚《わにづか》のセリフに、有希《ゆき》が頷《うなず》く。

「私たちもそう考えて、基地の出入り業者に探りを入れてみました。ですがそれはあくまでも最初の足掛かりで、調査は当然長引くと考えていたんです」

「——ところが、欲しい情報が早速転がり込んできた、と？」

有希《ゆき》の推測に、今度は鰐塚《わにづか》が頷《うなず》いた。

「ええ。まるで向こうが故意に漏らしたのではないかと思いたくなる程、簡単に」

有希《ゆき》が眉を顰《ひそ》める。

「……罠《わな》か？」

有希《ゆき》の疑念は、おそらく誰もが懐《いだ》く当然のものだ。しかし鰐塚《わにづか》は、首を横に振った。

「私は違うと思います」

「私もです」

妙子《たえこ》も鰐塚《わにづか》に同調する。

「これは私の——私たちの推測ですが、ターゲットは軍に煙たがられているのではないでしょうか」

有希《ゆき》は妙子《たえこ》が何を言いたいのか、すぐに理解した。

「軍はわざと、多中《たなか》を暗殺させようとしているってのか？　根拠は？」

「ありません。敢《あ》えて言うなら、この情報が持つ臭いです」

鰐塚《わにづか》は根拠が無いことを認めながら、自信を見せていた。

「そうか」

有希《ゆき》はそれ以上、追及の姿勢を見せなかった。

「……納得していただけるんですか？」

妙子《たえこ》が意外感を露《あら》わにして問い返す。

「他に手掛かりは無いからな。仮にこれが罠《わな》だとして、軍が故意にガセネタを流したとすれば、調査を続けてもこれ以上の情報は出て来ないだろ。時間の無駄だ」

有希《ゆき》の視線をまともに浴びて、妙子《たえこ》は気圧《けお》されたように頷《うなず》いていた。

「だったら、このネタが本物だという前提で行動を起こした方が良《い》い。罠《わな》だとしても、食い破れば良いだけだ。現役の軍人を殺《や》ろうってんだ。その程度のリスクは最初から覚悟している」

有希《ゆき》のセリフに、妙子《たえこ》が「はぁ……」と感嘆のため息を漏らした。

「ナッツ、惚《ほ》れ惚《ぼ》れするような侠気《おとこぎ》ですね。憧れます」

「褒め言葉になってねえからな」

有希《ゆき》が妙子《たえこ》をジロリと睨《にら》む。

妙子《たえこ》は白々しくそっぽを向いた。

お茶菓子を持ってきた奈穂《なお》に「何をやってるんですか」とたしなめられて、変則的な睨《にら》み合《あ》いをしていた有希《ゆき》と妙子《たえこ》——有希《ゆき》は妙子《たえこ》を睨《にら》んでいたが、妙子《たえこ》は明後日《あさって》を向いたままだった——は仕事の打ち合わせに復帰した。

「では、K市基地の隣にある研究施設に侵入してターゲットを仕留める、という方針で行くんですね」

鰐塚《わにづか》の問い掛けに有希《ゆき》はきっぱりと頷《うなず》いた。

「期限を切られていないといっても、そろそろ片付けなきゃやばいだろ」

有希《ゆき》の指摘に、今度は鰐塚《わにづか》が頷《うなず》く。

「じゃあクロコは、的《まと》が研究施設の何処《どこ》にいるのか、できるだけ詳しく探ってくれ」

「了解です」

「アニーは施設の窓を狙えるポイントを見繕っておいてくれ」

「それは構いませんが……軍の施設なら当然防犯ガラスを使っているでしょうから、外から狙撃で仕留めるのは困難ですよ?」

「分かっている。あたしもライフルで殺《や》れるとは思っていない」

「……何か策があるんですか?」

「策って程じゃないがな」

妙子《たえこ》は一秒前後、有希《ゆき》の瞳を見詰めて、頷《うなず》いた。

「──分かりました。明日中に狙撃ポイントを見付けておきます」

「よし。後は何時《いつ》殺《や》るかだが……これはクロコの調査待ちか」

有希《ゆき》が歯切れ悪く話し合いを締《し》め括《くく》ろうとしたその時、電話のコール音が鳴った。

奈穂《なお》がサブモニターで相手を確かめる。そして、彼女は慌てて振り返った。

「有希《ゆき》さん、文弥《ふみや》さまからです！」

有希《ゆき》は無意識の動作で口元をティッシュで拭い、胸元を見下ろして服装の乱れをチェックした。そこでハッとした表情に続いて憮然《ぶぜん》とした顔になったのは、文弥《ふみや》のご機嫌をうかがうような反応をしてしまった自分に腹を立てたのだろう。

「つなげ」

奈穂《なお》に命じるぶっきらぼうな口調も同じ理由だったに違いない。

「はい」

奈穂《なお》が応えたのと同時に、壁面の大型ディスプレイが文弥《ふみや》のバストショットを実物大で映し出した。

『有希《ゆき》、久し振りだね。何だか機嫌が悪そうだけど、嫌なことでもあったのかい？』

有希《ゆき》が何も言わないうちに、文弥《ふみや》の方から親しげに話し掛けてくる。

「この前話してから、一ヶ月も経《た》ってねえよ」

無愛想な口調で有希《ゆき》が応えを返す。文弥《ふみや》の問い掛けは無視した。彼女は悪い意味での怖いもの知らずではないので「お前の電話が不機嫌の原因だ」とは言えなかった。

『まだそんなものだったかな……。最近どうも、時間が経《た》つのが早くてね』

「そりゃ、年寄りのセリフだぜ。然《さ》もなきゃ、働き過ぎた」

有希《ゆき》の返しに、画面の中の文弥《ふみや》が苦笑いする。

『……働き過ぎということにしておいてくれ。最近忙しくてね』

「だったらあたしと無駄話してないで仕事に戻ったらどうだ？」

『そうだね。仕事の話をしよう』

文弥《ふみや》が真顔になる。有希《ゆき》も自然と、隙の無い姿勢を取った。

『多中《たなか》少佐を軟禁している強化兵士の研究施設は、次の日曜日の午後八時から一時間、電気系統の故障により警備システムがダウンする予定だ』

有希《ゆき》が文弥《ふみや》のセリフに反応するまで、一瞬以上のタイムラグがあった。

「次の日曜っていうと、二十八日か。故障が予定されているのか？」

『ああ。あくまでも予定だ』

皮肉っぽく訊《たず》ねた有希《ゆき》に、文弥《ふみや》は白々しく頷《うなず》いた。

『後は、言わなくても分かるね？』

「ああ。貴重な情報、ありがとよ。あたしらもその予定に従って動くことにするぜ」

『いきなりで悪いけど、日曜日には必ず片付けて欲しい』

「この仕事に期限は無いんじゃなかったのか……？　まっ、了解だ。あたしも一つのヤマをだらだら引っ張るつもりは無い」

有希《ゆき》は期限が急遽《きゆうきよ》設定された理由を、くどくど訊《たず》ねることはしなかった。

警備システムを切断するところまでお膳立てされているのだ。プロの矜持《きょうじ》に懸けて、この状況で泣き言は口できない。

「任せろ。二十八日の夜に、確実に仕留める」

『吉報を待っているよ』

力強く断言した有希《ゆき》に、文弥《ふみや》は満足げな笑顔で念を押した。

◇◇◇

二十二日、月曜日に多中《たなか》少佐を襲撃して失敗した若宮《わかみや》は、警察の手配を警戒して水曜日まで隠れ家にこもっていた。彼は注意深くマスコミの報道を追い掛け、事件の報道が全くされていないことに不審感を懐《いだ》き、一つの結論に達した。

彼が多中《たなか》少佐を襲った件は、報道管制が敷かれている。世間には事件のことが全く知られていない。一般人にとって若宮《わかみや》は容疑者でも何でもなく、顔も知らない、注目に値しない群衆の一人だ。

おそらく自分を誘い出す為《ため》だろう、と若宮《わかみや》は考えた。

警察は彼が現れるのを待ち構えているに違いない。しかし、このまま隠れているという選択肢は彼の中に存在しない。若宮《わかみや》にとっては、『魔兵研《まへいけん》』に対する復讐《ふくしゅう》が全てに優先する。――

自分の命より。

二十四日水曜日、彼は再び多中《たなか》の帰宅ルート上で待ち伏せた。警察が張り込んでいるのは覚悟の上だったが、幸い見付かることはなかった。

それどころか警察官らしき人影も見当たらない。制服警官だけでなく私服刑事もいないのだ。若宮《わかみや》でなくとも、これを単なる幸運では済ませられないだろう。

彼は当然、罠《わな》を疑った。しかしどれ程感覚を研ぎ澄ませてみても、それらしき人も物も発見できない。彼はこの日、結局何もできずに終わった。

翌日、若宮《わかみや》は朝から多中《たなか》の通勤路で待ち伏せた。場所を変えて、帰り道も見張った。そこでようやく「おかしい」と気付く。

昨日は警官を探すのに神経を使っていた所為《せい》で見落としたのかと思っていた。だが今日は道路を行き交う自走車の中に目を凝らしていたから断言できる。多中《たなか》は通勤路を使っていない。

自宅にこもっているのか。

あるいは、家に帰っていないのか。

前者ならばまだ良《い》い。リスクを冒してマンションに侵入するだけだ。しかし後者だと、行き詰まってしまう。

多中《たなか》や米津《べいつ》を襲う為《ため》に、彼らの立ち回り先を調べるだけで若宮《わかみや》はかなりの時間と労力を費やしていた。多中《たなか》が新しい隠れ家に移動したのであれば、そこを突き止めるのに同じ位の時間と労力が必要になるだろう。

若宮《わかみや》に労力を惜しむつもりは全く無い。

だが、時間は別だ。多中《たなか》少佐を狙っているのは若宮《わかみや》だけではないのだ。

おそらく多中《たなか》の所在を突き止めるのは、自分より亜貿社《あぼうしゃ》の殺し屋――有希《ゆき》たちの方が早いだろう。――若宮《わかみや》はそう思った。

若宮《わかみや》は有希《ゆき》と取り交わした「お互いに邪魔をしない」という協定を忘れていない。無視するつもりもない。だが同時に復讐《ふくしゅう》の本丸を譲るつもりも、毛頭無かった。

多中《たなか》は彼を強化施設に送り込んだ張本人なのだ。若宮《わかみや》は施設で彼の身体《からだ》を直接弄《いじ》くり回したマッドな科学者以上に多中《たなか》のことを憎んでいた。その憎しみと恨みは「鉄《くろがね》シリーズが彼を除いて全員殺された」と聞いてますます深く激しいものとなった。

石猪《いしい》少尉は正直、どうでもよかった。米津《べいつ》大尉も、どうしても自分で、という拘《こだわ》りは無かった。しかし多中《たなか》少佐だけは、己が手で地獄に送ってやりたいというのが彼の偽らざる想《おも》いだった。

（だが、どうすれば良い……）

彼は元軍人だが、基地内部の情報を密《ひそ》かに流してくれる知り合いはいない。軍の内部に手が届く情報屋の心当たりも無い。

（——いちかばちか、忍び込んでみるか）

行き詰まった若宮《わかみや》は、分が悪い賭けを試してみることに決めた。

◇◇◇

十月二十六日、金曜日。

若宮《わかみや》は早速、K市基地への侵入を試みた。

基地を取り巻く壁には警備装置が隙間無く張り巡らされている。かといって、ゲートを正面突破するのは論外だ。彼は侵入経路として、基地に隣接する研究施設に目を付けた。

その施設には用途を知らせるような分《わ》かり易《やす》い名称もロゴマークもシンボルマークも付いていなかったが、中で何が行われているのか若宮《わかみや》にはすぐに分かった。彼が身体《からだ》を改造されたのは——改造と言ってもサイボーグ化手術ではなく薬物とウイルスによる生化学的措置だ——ここではないが、外から見る限り建物の基本的構造が同じだった。

多中《たなか》が逃げ込みそうな場所だ——そう感じたのも、ここを侵入経路に選んだ理由だ。いや、むしろ「多中《たなか》が隠れているのではないか」という期待がルート選択に対して決定的に作用したのかもしれなかった。

客観的に見て、賢い選択とは言えない。

人体実験は明らかな違法行為。ただ、世界大戦に続く軍事的緊張という時代の要請で見逃されてきただけだ。それも、決して社会が容認したわけではない。見て見ぬふりをしてもらったに過ぎない。ひとたびマスコミで取り上げられたなら、政局が燃え上がること必至。

それ故、実態を隠蔽する為《ため》の警備体制は一際《ひときわ》厳重なものとなっている。おそらく、壁を乗り越える方がリスクは低い。侵入しやすい経路を選ぶという意味では本末転倒だ。

若宮《わかみや》は多分、心理的に追い詰められて冷静さを欠いているのだ。然《さ》もなくばこんな愚行を強行しようとはしなかっただろう。このままならば、ほぼ間違いなく彼は国防軍に拘束されていたに違いない。

「ちょっと、馬鹿な真似《まね》は止めてください」

——背後から、小声で話し掛けられなければ。

若宮《わかみや》は慌てて振り返った。

自分では警戒を怠っていなかったつもりなのに、背後を取られて気付かなかったことに愕然《がくぜん》としていた。

彼は無意識に迎撃の構えを取り、

「お前は……」

相手の正体を認識して構えを解いた。

お洒落《しゃれ》な伊達《だて》メガネを掛け、左肩に大きなカメラバッグを背負った若い女性。亜貿社《あぼうしゃ》の殺し屋、アニーこと姉川妙子《あねがわたえこ》だ。

「こっちへ」

妙子《たえこ》は若宮《わかみや》の手を取ると、有無を言わせず彼の手を引っ張って研究施設の前を離れた。彼女はそのまま十分程歩いて、シャッターの下りた写真スタジオに裏口から入った。

「ここは？」

当然とも思われる若宮《わかみや》の質問を、妙子《たえこ》は黙殺した。

「──馬鹿な真似《まね》は止めてもらえませんか。迷惑です」

答える代わりに、強い口調で若宮《わかみや》を詰《なじ》る。

若宮《わかみや》は訳が分からず、目を白黒させた。

「……いきなりご挨拶だな」

短くないタイムラグの後、辛《かろ》うじてそれだけを捻《ひね》り出《だ》す。

「自覚が無いんですか？」

妙子《たえこ》の口調がますます刺々《とげとげ》しいものとなった。

「…………」

実際、何を非難されているのか分からない若宮《わかみや》は絶句を余儀なくされてしまう。

「……あんなにガチガチに警備が固められた建物に忍び込もうとするなんて、捕まりに行くようなものじゃないですか」

妙子《たえこ》はため息を吐きながら呆れ声で指摘した。

若宮《わかみや》は、反論できない。彼にも、本当は分かっていたようだ。

「自棄《やけ》を起こすのは構いませんから、私たちの迷惑にならない場所でやってもらえませんか。あそこで貴方《あなた》が捕まると、仕事に支障を来《きた》すんです」

「仕事に……？」

ここまで黙って非難に甘んじていた若宮《わかみや》が、ハッと目を見開いた。

「多中《たなか》はやはり、基地の中に匿《かくま》われているんだな⁉」

妙子《たえこ》の顔に、一瞬だけ動揺が走る。

だが彼女はすぐに諦め顔になって、もう一度ため息を吐いた。

「……多中《たなか》少佐はあの研究施設に匿《かくま》われています」

「やはりか！」

若宮《わかみや》は今にも先程の建物に突撃しそうな勢いだ。

「それから」

妙子《たえこ》は強い口調で、若宮《わかみや》の注意を強引に自分へと向けた。

「今度の日曜日、午後八時に私たちの協力者が施設の警備システムをダウンさせます。忍び込むなら、その時にしてください」

「……そんなことまで教えて良いのか？」

強い意外感が興奮を冷ましたのだろう。若宮《わかみや》は少し落ち着きを取り戻した顔で、やや呆気《あつけ》に取《と》られているような声で妙子《たえこ》に訊《たず》ねる。

「良《い》いです。考え無しで仕事の邪魔をされるよりはましですから」

答える妙子《たえこ》の口調は投《な》げ遣《や》りなものだった。

「念の為《ため》に言っておきますが、警備兵までいなくなるわけではありませんからね。雑な侵入はしないでくださいね」

「無論、分かっている。お前たちこそ、巡回に見付かるなよ」

「そんなドジは踏みませんよ」

妙子《たえこ》が「では」と言って裏口に向かう。

「待て」

若宮《わかみや》はその背中を呼び止めた。

「何ですか」

「多中《たなか》が施設の何処《どこ》にいるのかまでは、分からないよな」

「知りませんよ。知っていたとしても、そんなことまで教えると思いますか？　私たちは協力関係にあるのはなく、どちらが先にターゲットを仕留めるか、その競争相手なんですよ」

「……そうだな。馬鹿なことを訊《き》いてすまない。それと……」

「まだ何か？」

苛立《いらだ》ちを隠せない声で妙子《たえこ》が問い返す。

若宮《わかみや》は決まり悪そうな顔をしていた。

「その、さっきは悪かった。止めてくれて、助かった」

「どういたしまして」

若宮《わかみや》の殊勝なセリフに、妙子《たえこ》は素っ気なく応じて今度こそ彼の前から去った。

［8］

十月二十八日、日曜日午後七時半。

有希《ゆき》と鰐塚《わにづか》は国防陸軍のK市基地から徒歩約十分の写真スタジオにいた。金曜日に妙子《たえこ》が若《わか》宮《みや》を連れ込んだ所だ。

この貸しスタジオは今回の仕事で中継基地として使うために亜賀社《あぼうしゃ》が架空名義で借り上げている物件だった。有希《ゆき》には余り必要のない物だが、移動手段として自走車が必須のスナイパーにとって中継基地は欠かせない。

ここもスタジオそのものよりも付属する駐車場目当てで、有希《ゆき》の為《ため》ではなく妙子《たえこ》の為《ため》に用意された拠点だ。

今日は妙子《たえこ》の運転手も鰐塚《わにづか》が務めている。有希《ゆき》が今、ここにいるのは鰐塚《わにづか》のお付き合いという側面が強かった。

「アニーから連絡はあったか？」

有希《ゆき》が腕時計を見ながら鰐塚《わにづか》に問い掛ける。

「ええ。たった今、配置に付いた合図のシグナルを受信しました。まだ三十分……いえ、二十八分ありますから、少し早すぎるような気もしますけど」

彼女たちの仕事は、早ければ早い程良いというものではない。

特に狙撃手であるスナイパーである妙子《たえこ》は大きな狙撃銃を持ち歩いている。待機時間が長くなればそれだけ、発見されるリスクも増大する。

鰐塚《わにづか》の懸念《けねん》はもっともだったが、有希《ゆき》は余り心配していなかった。

「あいつも素人《しろうと》じゃないんだ。その辺りのことは、ちゃんと考えているだろ」

「そうですね……」

鰐塚《わにづか》も本気で心配しているわけではない。今回の仕事は色々な点でいつもとは勝手が違うので神経質になっているだけだと、彼自身自覚していた。

「……良い場所が確保できたなら、それに超したことはない。そもそも狙撃可能なポイントに潜り込めるかどうかも賭けだったからな」

しばらく沈黙が続いた後、有希《ゆき》が思い出したように、こう付け加えた。

「しかし、ターゲットを上手《うま》く誘導できるでしょうか。ターゲットが窓のある部屋にいるかどうかすら分かっていないんですが」

鰐塚《わにづか》もずっと妙子《たえこ》のことを考えていたのだろう。有希《ゆき》の言葉に、すぐ反応した。

「ダメなら別の手を考える。とにかく、最終的に的《まと》を殺《や》れれば良いんだ。出たとこ勝負はいつものことだろ」

「それはそうですが……、今回はいつも以上に計算できない要素が多すぎます。ナッツ、くれぐれも引き時を誤らないでください」

「分かってるよ。あたしだって、軍に捕まって実験台になるのはごめんだ。……おっと、もうこんな時間か」

再び目を遣《や》った腕時計は、八時十五分前を指していた。

「あたしもそろそろ行くよ」

「車は何時《いつ》でも出せる状態にしておきます。ナッツ、お気をつけて」

「ああ」

有希《ゆき》は軽く手を振って、スタジオの裏口に向かった。荷物は少ない。彼女は小さなレディースのデイパックを背負っているだけの軽装だった。

◇◇◇

妙子《たえこ》に予告された時間を間近に控えて、若宮《わかみや》も研究施設襲撃のスタンバイに入っていた。

彼に迷いが無かったわけではない。妙子《たえこ》の言うことを全面的に信じて良いのかという疑念は、若宮《わかみや》の中から消えていない。だが、他に手掛かりは無い。彼は「疑ってみても、仕方が無い」と割り切ってこの夜に臨んでいた。

彼が隠れているのは、研究施設の向かい側にある、安さが取り柄のコーヒーチェーン店だ。若宮《わかみや》は大胆にも――あるいは、無謀にも――正面玄関を突破するつもりだった。

もちろん彼にも勝算はある。警備システムダウンという非常事態が発生すれば、警備兵は持ち場を死守するよう命じられるに違いない。

応援が駆け付けるには、いつもよりも時間が掛かるはずだ。

正面玄関の警備兵は四人。一般の兵士では四対一でも若宮《わかみや》には敵《かな》わない。

自分を改造した者たちに懐《いだ》く彼の怒りと憎悪《ぞうお》に嘘《うそ》は無い。しかし同時に、若宮《わかみや》は彼らによって植え付けられた自分の戦闘力に自信を持っていた。

若宮《わかみや》が空のカップを長テーブルに置き、腕時計に目を落とす。

時刻は七時五十五分。

支払いは商品と交換で終わっている。若宮《わかみや》は席を立って表に出た。

◇　◇　◇

有希《ゆき》は若宮《わかみや》より、少しだけ慎重だった。

この研究施設は、カムフラージュの為《ため》か平凡なオフィスビルのような外観を呈している。周囲の建物に高さ制限が掛けられているということもない。道路を挟んだ隣のビルは、研究施設とほぼ同じ高さだ。

彼女はそのビルの、屋上に侵入していた。

道路の幅は八メートル。ビルとビルの間隔は十二メートル前後。普通の人間でも、ちょっとした道具を使えば跳び越えられる距離だ。

無論、その程度のことは国防軍も認識していて、屋上には侵入防止の警備装置が設置されている。だがそれで安心したのか、兵士の見張りはいない。警備システムが生きている限り使えない「道」だったが、もうすぐその問題は解消される。

（あと一分……三十秒……時間だ！）

研究施設の窓から漏れていた光が、いきなり消えた。

有希《ゆき》が掛けているゴーグルに映っていた赤外線の網も消え失《う》せている。

（……いつもながら恐れ入るぜ）

一秒の狂いもない鮮やかな手並みに有希《ゆき》は舌を巻いた。

同時に彼女は『身体強化《フィジカルブースト》』を発動した。

異能の力が有希《ゆき》の肉体を満たし、彼女のパワーとスピードが数倍から十数倍に増幅される。強化していない状態でも、有希《ゆき》は走り幅跳びでコンスタントに七メートルを跳ぶ。不十分な助走距離、足場の悪さ、フェンスの存在など様々の不利な条件を勘案しても、十二メートルを跳び越えるのに必要な強化率は五倍もあれば十分だ。

彼女は迷いも恐れも無く、ビルの谷間に跳び出した。

有希《ゆき》の小柄な身体《からだ》が夜空に舞う。防刃手袋に守られた有希《ゆき》の手が、研究施設の鉄柵を危なげなく掴《つか》んだ。無論、彼女の足は屋上の縁をしっかり捉えている。

有希《ゆき》は軽々と柵を乗り越え、国防陸軍K市強化施設への侵入を果たした。

◇　◇　◇

（ハァ……。噂《うわさ》以上に凄《すご》い身体能力ですね）

妙子《たえこ》は双眼鏡を目に当てたまま、心の中で感嘆を漏らした。

彼女が潜伏している場所は、基地を挟んで研究施設の反対側。およそ八百メートル離れたビルの一室だった。

狙撃するには少々距離がある。だが他に適当なポイントが見つからなかったのだ。研究施設の窓は基地に面している側以外、全てダミーだったのである。

妙子《たえこ》は夜間、無人となった事務所の窓から標的となる研究施設を双眼鏡で観察していた（「観測」と表現した方が適切かもしれない）。そこでちょうど、有希《ゆき》の跳躍を目撃したのだった。

（あの距離を跳ぶパワーもですが、それより距離感とバランスが素晴らしい。幾らパワーやスピードを増幅してもそれだけでは、ああはいかない。パワーに振り回されて体勢を崩すのが関の山です。どうやらナッツは、異能頼りの力自慢ではないようですね……）

有希《ゆき》の評判を、妙子《たえこ》は様々な同業者から聞いていた。情報源は亜貿社《あぼうしや》の同僚だけでなく、「ナッツ」の正体を知らない商売敵も含まれている。

彼らの「ナッツ」に対する評価は、一様に高かった。

ただそのほとんどが、「人間離れした身体能力」に言及したものだったのである。

妙子《たえこ》はそこに、一抹の不安を覚えた。「ナッツ」は「異能頼りの力自慢」ではないか、と。

だが今、その懸念《けねん》は払拭《ふっしょく》された。流れ弾によるフレンドリーファイヤの心配はしなくても良さそうだ。

(さて、もう一人の方は何処《どこ》にいますかね)

妙子《たえこ》が考えたのは若宮《わかみや》のことだ。彼がいるのは研究施設の正面。彼女の位置からは、建物の陰になって見えない。

(また馬鹿な真似《まね》をしてなきゃ良《い》いんですが)

妙子《たえこ》は自分がフラグを立ててしまったことに気付いていなかった。

◇◇◇

研究施設の正面では、大きな騒ぎが起こっていた。警備の兵士が続々と集まってきている。

その素早さは、明らかに若宮《わかみや》の見込み違いだった。

国防軍の施設は原則として非常時用の独立電源を備えている。もちろん、この研究施設にも自家発電設備がある。

だから、普通の理由による停電は発生しない。

事故にしろ犯罪にしろ、外部要因で電気の供給が止まることはあり得ないのだ。停電が発生するとすれば、その原因は内部で発生した故障か、人為的な事故か、破壊工作か。

だが故障や事故なら、警備システムへの電力供給まで全面的に止まってしまうというのは考え難い。警備責任者は真っ先に、破壊工作を疑った。

そこに侵入者の出現である。正面エントランスが賊に突破されたという報《しら》せに、警備隊長は他所の警戒をいったん棚上げにして全隊に正面エントランスへ向かうよう命じた。

元々エントランスを警備していた四人の兵士は予定どおり一分も掛けず倒した若宮《わかみや》だったが、通報を許したのは予定外の失策だった。その点、彼は普通の兵士の力量を過小評価していたと言える。

応援が駆け付けてくる足音に、若宮《わかみや》は倒した兵士の端末から館内情報を入手する計画を諦め、闇雲にエントランスから逃げなければならなくなった。

彼にとって幸運だったのは、停電によって施設の中がほとんど真っ暗になっていたことだろう。

急に暗闇へ放り込まれた警備隊は、暗視装置を準備できなかった。廊下に窓は無く、唯一の光は各隊員が持つ携行ライトのみ。

警備兵が操る細く絞り込まれたライトの光条を避けて動くのは、若宮《わかみや》にとって難しいことではなかった。

しかし警備隊を避けて闇雲に走り回った所為《せい》で、彼は自分の現在位置を完全に見失ってしまっていた。辛《かろ》うじて分かるのは、自分が今三階にいるということくらいだ。

このまま当てもなくうろうろしていたのでは、ターゲットまでたどり着ける可能性は限りなくゼロに近い。

手掛かりを得るには、手当たり次第に扉を開けてそこにいた職員から話を聞き出すか、警備兵を逆に襲って訊問《じんもん》するか。

しかし、ついさっき警備兵を過小評価した所為《せい》で現在の状況に陥っている若宮《わかみや》としては、心理的に後者の手段は選びにくかった。

かといって、扉の向こうに何があるのか、何が潜《ひそ》んでいるのか全く分からない。目に付いた部屋に片っ端から押し入るというのは、余りにも不確実性が大きい。

若宮《わかみや》は、闇の中で立《た》ち竦《すく》んでしまった。

◇　◇　◇

屋上の扉に、鍵は掛かっていなかった。

電気の供給が途絶えたのを受けて、電子錠が解除されたのだ。避難経路が閉鎖されてしまうのを防止する為《ため》の仕組みとしては妥当な物だが、有希《ゆき》の目には酷《ひど》く不用心に見えた。

一般の建物ならば、災害に備えて避難路確保を最優先するのは正しいだろう。だが軍事施設を民間のビルと同じポリシーで運用するのは如何《いかが》なものか。──もっとも、その御蔭《おかげ》で有希《ゆき》は鍵を壊す為《ため》に苦労する必要が無かったのだが。

彼女は扉を開け、用意しておいたストッパーで閉まらないよう固定し、転落防止柵へと駆け寄った。侵入に使った側ではなく、基地に面する側に。

有希《ゆき》は鉄柵に手を掛け、何度か揺すって強度を確かめると、デイパックを背中から下ろしてコンパクトに纏《まと》められたザイルを取り出した。

ザイルを鉄柵にしっかり結び付け、その端をベルトの金具に固定する。

金具の具合を確かめると、今度は座り込んで靴底にソフトスパイクのような物を取り付けた。スパイクは爪先に集中している。

立ち上がってスパイクが外れないことを確認するや、彼女はひらりと鉄柵を跳び越えた。

いったん屋上の縁《へり》を摑《つか》んで落下を止め、そのまま壁面へと下りる。壁に張り付いただけでなく、そこから横に移動を始めた。

この、まるで蜘蛛《くも》のような動きを可能にしているのは、有希《ゆき》が着けている手袋と靴底に固定したソフトスパイクだ。亜貿社《あぼうしゃ》が現代忍者用の装備として最近開発した、その名も『壁蜘蛛《かべぐも》』だが、ブロック状の装飾がされた外壁ならともかく凹凸が少ない壁面を移動するには、強い腕力と軽い体重という条件を満たさなくてはならない為《ため》、事実上有希《ゆき》の専用装備となっている。

有希《ゆき》は最上階各部屋の窓に近づき、耳を澄ませて中の音を窺《うかが》った。

事前の調査では、ターゲットの居場所を特定することまではできなかった。だがこの施設の基本的な構造については調べがついている。

この建物でまともに宿泊できる部屋は最上階にしかない。実験体の私室はもっと下の階にあるが、造りは入院用病棟の大部屋と大差がない。仮にも佐官である多中《たなか》を軟禁している場所は、最上階以外にあり得なかった。

有希《ゆき》は端から順番に窓へ近づき、耳を澄ませた。

(……ここか)

『身体強化《フイジカルブースト》』で増幅されている聴力は窓に耳をくっ付けなくても、ある程度近づくだけで室内の話し声を聞き分ける。この窓の向こう側から聞こえてきた声は、間違いなくターゲット——多中《たなか》少佐のものだった。

そしてもう一人、若い女性の声も有希《ゆき》の耳に届いていた。

（こっちは護衛の魔法師だろうな。仲間杏奈《なかまあんな》か……）

多中《たなか》の護衛についている女性兵士の素性については若宮《わかみや》から聞いている。

『石化の魔女』の異名を持つ強化措置を受けた魔法師。仲間杏奈《なかまあんな》。

有希《ゆき》の脳裏に、彼女自身の手で命を奪った女子大学生の顔が浮かび上がる。

「…………」

彼女は軽く頭を振って雑念を意識から追い出し、窓のすぐ横にベストから取り出したボタン大の機械を貼り付けた。そして窓が端から何番目かを改めて確認し、壁を登って再び屋上に上がった。

◇　◇　◇

有希《ゆき》が研究施設に忍び込んだのを見て、妙子《たえこ》は双眼鏡を下ろし潜伏している部屋の窓を開けた。

そして、窓の下に立て掛けておいたライフルを手に取る。

最近流行の電動モーター式セミオートマチックライフル（小型モーターで排莢《はいきょう》・次弾装塡を行うライフル。ガス圧式と違ってリロード時の振動で狙いがずれる心配をせずに済み、引き金から指を離さず続けて撃てる）ではない。伝統的な手動ボルトアクションだ。

彼女は小さく開けた窓の隙間から銃口を突き出し、右目で光学照準器をのぞいた。照準器の視界には照準線《レティクル》と共に赤い光点が映っている。妙子《たえこ》はいったん照準器から目を離し、再度双眼鏡で目標の窓を確認してから、改めて照準器をのぞき込んだ。

有希《ゆき》が窓の横に貼り付けた小さな機械の正体は、赤外線発光器だった。彼女がのぞき込んでいる照準器には赤外線フィルターが組み込まれていて、発光器が放つ赤外線を赤い光点として可視化しているのだ。

双眼鏡にも赤外線モードが搭載されていて、妙子《たえこ》は目に当てたまま繰り返し可視光モードと切り替えることで窓と発光器の位置関係を把握した。

発光器の赤外線を基に、銃口を研究施設の窓へ向ける。

彼女は頭の中で三十を数えて——有希《ゆき》が最上階の廊下に到達するタイミングを測って、引き金を引いた。

銃声が夜空に轟《とどろ》く。

ボルトを動かして次弾を装填し、五つ数えてもう一度、人差し指を引き絞る。

再び夜空に響き渡る銃声が、狙撃手の存在を声高に主張した。

音速を超える弾丸を放つ銃撃音を完全に消し去る消音器《サプレッサー》は存在しない。

そんなことは魔法でも使わない限り不可能だが、あいにくと妙子《たえこ》は魔法師ではない。

彼女は二度の銃撃の成果を確認せず、急いでライフルを分解・格納し双眼鏡をデイパックに押し込んでその場から逃げ出した。

◇　◇　◇

突然の停電は多中《たなか》に激しい動揺をもたらした。

「何があった⁉」

そして彼の側には、不安を紛らわせる為《ため》の八つ当たり可能な存在が侍《はべ》っていた。

「……少々お待ちください」

仲間《なかま》杏奈《あんな》は多中の下から抜け出してベッドに身を起こし、裸足《はだし》の足を床に付けて立ち上がった。

微《かす》かな非常灯の明かりで、テキパキと服を身に着ける杏奈《あんな》の姿を見て、多中《たなか》も手探りで服をかき集める。彼がまだ下半身しか隠し終えない内に、杏奈《あんな》は電池式のランタンを見付けてきた。

「申し訳ございません、閣下。情報端末も電源が落ちていて、施設内の情報が確認できませんでした。おそらくこの停電は、建物全設備に及んでいると思われます」

「わ、分かった。取《と》り敢《あ》えず、少し向こうを向いていろ」

多中《たなか》の喚《わめ》き声に杏奈《あんな》は数度瞬《またた》きすると、訝《いぶか》しげな表情になりながらも「ハッ」と答えて彼に背を向けた。

杏奈《あんな》の背後で、ごそごそと不器用な音が続く。

「もう良《い》いぞ」

そう言われて、杏奈《あんな》は振り返った。

多中《たなか》は一応、常装の軍服を着ている。だがボタンが途中で一つずれていた。

杏奈《あんな》は然《さ》り気無《げな》く目を逸《そ》らし、気付かなかったふりを装《よそお》った。

「全電源喪失状態にあると言うんだな？　原因は分かるか」

「……推測でよろしければ」

「構わん」

杏奈《あんな》の返答に生じた不自然な間を多中《たなか》は気にしなかった。

大方彼は、思考時間とでも勘違いしたのだろう。実際には、多中《たなか》の服装――ボタンの掛け違えに気を取られて、反応が遅れただけなのだが。

「当施設が何者かの襲撃を受けているのだと考えます」

杏奈《あんな》はそんなことなど微塵《みじん》もうかがわせない態度で答えを返した。もっとも、彼女が多少不自然な態度を取ったとしても、多中《たなか》にそれを気に掛ける余裕は無かったに違いない。

「襲撃⁉　敵国の工作員か⁉」

多中《たなか》は滑稽なくらい狼狽《ろうばい》していた。

人格面に問題はあっても能力は地位に相応《ふさわ》しいものを持ち合わせているはずだが、この時の彼は杏奈《あんな》に指摘されるまで停電が破壊工作によるものである可能性に考えが至っていなかったようだ。

「正体までは分かりません」

ただ、この答えに逆上して杏奈《あんな》を怒鳴りつけたり殴りつけたりする程までには、多中《たなか》も平常心を失っていなかった。

彼のパニックは外に向かって発散されるのではなく恐怖心という形で内側に向かった。

いったん立ち上がっていた多中《たなか》が音を立ててベッドに座り込む。

ランタンの光に浮かび上がる彼の顔は、青ざめ、強張《こわば》っている。細かく震える唇は、不明瞭な発声で「まさか」と「そんな」を繰り返していた。

「閣下、如何《いかが》致しましょうか」

杏奈《あんな》が多中《たなか》に指示を求めた。

恐怖心の虜《とりこ》になった多中《たなか》が彼女の声を認識していたのかどうか、それすら怪しかったが、杏《あん》奈《な》はそれ程待たずに済んだ。

それは、彼女が多中《たなか》に話し掛けた直後と言って良いタイミングだった。

鈍い音を立てて窓一面に細かな亀裂が走る。

「閣下、伏せてください！　狙撃です！」

叫ぶと同時に、杏奈《あんな》が多中《たなか》を押し倒す。多中《たなか》は勢い余って床に転がり落ちたが、彼に杏奈《あんな》を責める余裕は無かった。

二度目の銃声と共に、窓ガラスが砕け散る。防犯ガラスがライフル弾を受け止めるのは、一発が限度だった。

ここで腰を抜かさなかったのは、腐っても現役士官ということだろう。多中《たなか》は両手両膝を突いて立ち上がり、ぎこちない足取りで廊下へ続くドアへ向かった。

「お待ちください、閣下。無闇に動くのは危険です！」

杏奈《あんな》が慌てて多中《たなか》を呼び止める。

「馬鹿者！　ここにいてはいい的《まと》ではないか！」

しかし、多中《たなか》は聞く耳を持たない。一瞬で説得が無駄であることを覚《さと》った杏奈《あんな》は、

「ではせめて、私が先導します！」

自分の身を盾とすることを選んだ。

「う、うむ。分かった」

多中《たなか》はわずかに残っていた理性で、杏奈《あんな》に道を譲る。

杏奈《あんな》は慎重にドアを開け、隙間から廊下の様子を窺《うかが》った。照明が落ちた廊下はほぼ完全な暗闇に覆われ、人影の有無が見分けられる状態ではなかった。

　それでも彼女は懸命に耳を澄ませ、物音がしないのを確認して、ランタンを片手に廊下へ出た。

　その背中に、多中《たなか》が続こうとする。

「閣下、賊が潜んでいるかもしれません。確認しますので、少しだけお待ちください」

　しかし「賊」という脅しが利《き》いたのか、今回は大人しく杏奈《あんな》の忠告に従った。

◇　◇　◇

　三階でいったん足が止まってしまった若宮《わかみや》だが、正面エントランスの応援に下りた警備兵が階段を上ってくる足音に上へ上と追い立てられていた。

　そして最上階へと続く階段の踊り場で、彼は銃声に再び足を止めた。

（これは……外部からの狙撃か？）

　二発の銃声と、防犯ガラスが破れる微かな音。音の伝わり方から、彼は屋内の発砲音ではないと判断した。

　そう考えて若宮《わかみや》の脳裏に浮かんだものは、『アニー』こと姉川妙子《あねがわたえこ》の顔だった。

（同じ施設の関係者が同じ時期に何人も暗殺の標的になるとは考え難い。今の銃撃は多中《たなか》を狙ったものだろう）

希望的観測の要素が皆無であるとは彼自身、思っていない。だが他に多中《たなか》の所在に関する手掛かりを持たない若宮《わかみや》は、その可能性に賭けると決めた。

(銃声が聞こえてきたのはこの上だ)

彼は闇の中に伸びる階段を駆け上がった。

◇　◇　◇

廊下の天井に張り付いている有希《ゆき》は、多中《たなか》を室内に押しとどめた杏奈《あんな》の行動に心の中で舌打ちを漏らした。

(……優秀な護衛じゃねえか)

妙子《たえこ》の狙撃に驚いて部屋から飛び出してきた多中《たなか》を仕留める。──彼女の作戦は成功の一歩手前で躓《つまず》いていた。

狙撃の後、すぐにドアが開いたところまでは計算どおりだった。

だが部屋の中から姿を見せたのは、多中《たなか》ではなく護衛の女兵士だった。

(仲間《なかま》杏奈《あんな》か……)

有希《ゆき》の脳裏を「あたしを殺して!」と叫んだ山野《やまの》ハナの悲痛な顔が過《よぎ》る。「ふざけんな」と叫んだ苦しげな声が蘇《よみがえ》る。

（止めろ）

有希《ゆき》は揺れ動く自分の心に命じる。

（つまらない感傷だ。そもそもハナたち二人の間に存在した事情は、あたしには関係無い）

（ハナはあたしが手に掛けてきた何十人の中の一人でしかない）

（自分が何者なのか思い出せ。あたしはただの殺し屋じゃないか）

有希《ゆき》は、自分に「殺せ」と命じた。

（仕事の邪魔をするヤツは単なる障碍物だ。障碍《しょうがい》は、排除する）

彼女が迷いに囚《とら》われていたのは、ほんの数秒の短い時間だった。

だがそれは、状況の混乱を招くには十分な時間だった。

◇◇◇

最上階にたどり着いた若宮《わかみや》は、小さいがそれなりに強力な灯《あか》りを持つ人影を認めた。その背後に憎き多中《たなか》少佐が顔を出しているのを目撃した。

「――――！」

彼は喉元までこみ上げていた雄叫《おたけ》びを噛《か》み殺《ころ》し、そのエネルギーを駆ける勢いに上乗せして、多中《たなか》少佐へ向かい突進した。

声は押し殺せても、若宮《わかみや》に足音まで殺す余裕は無かった。

靴音へ向けて杏奈《あんな》が携帯ランタンを翳《かざ》し、広がった光の中にナイフを手にした若宮《わかみや》の姿が浮かび上がる。

「多中《たなか》ぁ！」

発見された、と認識するや否《いな》や、若宮《わかみや》の口から咆哮《ほうこう》が放たれた。押さえ込んでいた激情が一気に噴き出したのだ。

「ひぃっ！」

多中《たなか》が悲鳴を上げて室内に逆戻りする。それだけでなく、彼は顔を引っ込めるや否《いな》やドアに鍵を掛けた。

——廊下に杏奈《あんな》を残して。

「チッ！」

有希《ゆき》は舌打ちを漏らして天井から飛び降りた。

慌てて杏奈《あんな》が振り返る。

しかし、杏奈《あんな》の目の前には無人の暗い廊下が広がるのみだった。

彼女が顔を向けた時には既に、有希《ゆき》は彼女の視界を出ていた。

杏奈《あんな》は迷わず新たな「賊」——有希《ゆき》のことだ——の発見を諦め、再び若宮《わかみや》へと向き直った。

自分が閉め出されたことに対する不平不満の類は、杏奈《あんな》の頭の中には無かった。彼女にとっては、当然のことだからだ。

もし多中《たなか》が廊下に残っていたら、杏奈《あんな》が彼を部屋の中に押し戻しただろう。多中《たなか》が逃げ戻った部屋の扉が開いたままだったなら、杏奈《あんな》が閉めていただろう。そして鍵を掛けるよう叫んだに違いない。

多中《たなか》の利己的な行動は杏奈《あんな》にとって、むしろありがたいものだった。

「そこをどけ、『石化の魔女』！　強化実験体同士で争うつもりは無い！」

襲い来る敵は撃退するのみ。

そんな風に、戦うことだけに意識が向いていた杏奈《あんな》の心が若宮《わかみや》の言葉に反応する。

「貴方《あなた》も実験体なのですか？」

「そうだ。俺も多中《たなか》に人生を捻《ね》じ曲《ま》げられた一人だ」

「だから閣下を殺《あや》めると？」

杏奈《あんな》の問い掛けに若宮《わかみや》は「言うまでもない」とばかりに無言で頷《うなず》いた。

「だったら、戦いは避けられません。私は閣下を守らねばならない」

「何故《なぜ》だ⁉　お前もヤツの犠牲者だろう？」

若宮《わかみや》が苛立《いらだ》ちを問い掛けに換えて杏奈《あんな》にぶつける。

杏奈《あんな》の表情は――無表情は、変わらない。

「そうですね。客観的に見れば、確かに私は人体実験の犠牲者でしょう。ですが私の身体《からだ》を弄《いじ》り回《まわ》したのは日本軍で、閣下は――多中《たなか》少佐は、私の恩人です。だから私の忠誠はあの方の許《もと》にあります。閣下は、殺させません」

「日本軍……？」

若宮《わかみや》の口から違和感が漏れる。

「お前……帰化軍人か？」

「そうです」

杏奈《あんな》は淡々とした口調で彼の問い掛けを肯定した。

彼女から、自分の過去を隠そうとする意図は全く感じられない。

「ヤツに、軍に入るよう言われたんだな？　帰化の便宜を図る条件に」

「ええ」

「それがヤツの手口だ！　俺もそうだった。あの野郎は、何も知らない俺に一般兵としての権利を与えると嘘《うそ》の約束をちらつかせて実験施設に志願させたんだ！」

「貴方《あなた》が調整体であることは知っています。閣下からうかがいました」

「やつの手口を知って……？」

愕然《がくぜん》とした口調で投げかけられた質問に、杏奈《あんな》はどうでも良さそうな顔で頷《うなず》く。

「調整体には法令上、一般国民と変わらない権利が保証されていることも知っています。でもね」

その時、マインドコントロールされているはずの杏奈《あんな》の素顔が一瞬だけ露《あら》わになった。

「そんなの、騙《だま》される方が悪いんです。私の故郷はそういう所でしたよ」

感情表現を制限された「無」表情を超える、「虚無」の表情。

「貴様……！」

激発しかけた若宮《わかみや》もまた、表情を「無」に沈めた。

若宮《わかみや》が無言で杏奈《あんな》に斬り掛かる。

杏奈《あんな》の目が想子光《サイオンこう》を放った。

若宮《わかみや》の身体《からだ》が硬直する。——いや、停止と見紛《みまが》う程に、動作が極端にスピードダウンした。

杏奈《あんな》の『減速領域《ディーセラレイション・ゾーン》』だ。視認した「物」の運動速度を、定率で引き下げる魔法。

本当の『減速領域《ディーセラレイション・ゾーン》』は一定の空間を対象に、そこに侵入した物質の運動速度——分子運動を含む——を低下させる魔法だが、杏奈《あんな》が使う魔法は視認できる物体のみを対象としている。

この点で言えば正規の『減速領域《ディーセラレイション・ゾーン》』の劣化版だが、その代わり杏奈《あんな》は見ただけで——視認しただけでその物体にブレーキを掛けることができる。彼女は、そういうスピード重視の強化改造を受けていた。

そのからくりはループ・キャストだ。杏奈《あんな》は『減速領域《ディーセラレイション・ゾーン》』の魔法式をループ・キャストで構築し続け、減速する対象が無い時は破棄する。

　つまり「見た」時には既に魔法発動の準備が整っているのだ。

　だからと言うべきか、彼女が戦闘継続可能な時間には十分間という制限がある。それ以上ループ・キャストを続けると、魔法演算領域のオーバーヒートを起こしてしまう。

　十分間限定の魔女。それが強化魔法師・仲間《なかま》杏奈《あんな》の正体だった。

　ランタンを床に落とした杏奈《あんな》がナイフを抜き、切っ先を若宮《わかみや》に向ける。

　杏奈《あんな》の魔法に拘束された若宮《わかみや》の全身から、想子光《サイオンこう》が放たれた。

『術式解体《グラム・デモリッション》』。放出された想子《サイオン》の圧力が、自らの身体《からだ》を縛る『減速領域《ディーセラレイション・ゾーン》』の魔法式を吹き飛ばした。

　調整体『鉄《くろがね》シリーズ』は、長時間戦闘継続能力をコンセプトに製造された遺伝子操作魔法師だ。設計の際にフォーカスされたのは肉体の耐久性、スタミナ、そして想子《サイオン》保有量。

　若宮《わかみや》はその『鉄《くろがね》シリーズ』の中でも特に豊富な想子《サイオン》保有量を持って生まれた。そこに目を付けた調整体開発チームは、若宮《わかみや》の為《ため》に想子《サイオン》操作の特殊訓練プログラムを組み上げた。

　この訓練によって、若宮《わかみや》は自身が保有する膨大な想子《サイオン》をある程度自由に操作できるようになった。その成果が『術式解体《グラム・デモリッション》』だ。

　彼にとって『術式解体《グラム・デモリッション》』は怨敵『魔兵研《まへいけん》』に与えられた能力ではない、使用を忌避する理由は何処《どこ》にもなかった。

　あと三十センチで杏奈《あんな》の切っ先が届く――その段階で若宮《わかみや》が自由を取り戻す。彼は杏奈《あんな》のナイフではなく彼女の腕を外に払って、攻撃の軌道を変えた。

杏奈《あんな》のブレードが若宮《わかみや》の頬をかすめる。若宮《わかみや》の肌に一本の赤い線が刻まれた。しかし、それで怯《ひる》む程度の復讐《ふくしゅう》心なら彼は今、ここに来ていない。

若宮《わかみや》がナイフを横に薙《な》ぐ。その軌道上には杏奈《あんな》の喉。

彼女は自分の得物で斬撃を防ぐのではなく、ステップバックして若宮《わかみや》の刃を躱《かわ》す。

杏奈《あんな》は若宮《わかみや》の手の内を忘れてはいなかった。

『術式解体《グラム・デモリッション》』ともう一つ、彼が得意とする魔法。

『高周波ブレード』。

超高速振動する刃と打ち合えば、合わせたナイフの方が切断される。決して防御が不可能な魔法ではないが、あいにくと杏奈《あんな》は防御に必要なスキルを持っていない。

回避を完全なものとする為《ため》に、杏奈《あんな》は大きく後退した。

彼女の背中が壁にぶつかる。

若宮《わかみや》がそれを追いかけて、大きく踏み込んだ。

杏奈《あんな》の目が想子《サイオン》の煌《きら》めきを宿す。

『減速領域《ディイーセラレイション・ゾーン》』。

足を前に踏み出した体勢で、若宮《わかみや》の肉体が硬直する。

すかさず、その全身から想子光《サイオンこう》が放たれた。

『術式解体《グラム・デモリッション》』。

若宮《わかみや》もあらかじめ警戒していたのだろう。今回自由を取り戻すまでに掛かった時間は、たかだか一秒前後だった。

しかし、先を読んでいたのは杏奈《あんな》も同じ。

持ち上げられた彼女の右手には、サブコンパクトピストルが握られていた。

彼女は、壁まで後退した時には既に、拳銃を抜き終えていたのだ。

銃口の向きは、若宮《わかみや》の腹。しかもその中央だ。

『減速領域《ディーセラレイション・ゾーン》』の影響を脱した若宮《わかみや》は、足に渾身《こんしん》の力を込めて横に跳ぼうとした。

(間に合わない)

だが、彼の足が床を蹴るより杏奈《あんな》が人差し指を引き絞る方が速い——。

杏奈《あんな》の足下というわずかな空間を除いて暗闇に覆われた廊下に銃声が響いた。

若宮《わかみや》が腹を押さえて両膝から崩れ落ちる。

杏奈《あんな》はローキックのフォームで、蹲《うずくま》る若宮《わかみや》の頭を蹴り抜いた。

若宮《わかみや》の身体《からだ》が横倒しに吹き飛ぶ。

彼の意識は、完全に刈り取られていた。

◇◇◇

有希《ゆき》は来た時と同じ階段を使って屋上に戻った。

転落防止柵のすぐ下に置いておいたデイパックを回収し、中からザイルを再度取り出す。彼女はそれを鉄柵の、多中《たなか》少佐が逃げ込んだ部屋の真上にしっかり結んで固定した。

有希《ゆき》は柵から身を乗り出して屋上から窓までの距離を目で測り、それに合わせてザイルに結び目を作る。

そして結び目のすぐ上を握り、鉄柵を蹴って夜空に飛び出した。

彼女の身体《からだ》が、ザイルを結びつけた鉄柵を支点とした振り子運動を行う。

窓は妙子《たえこ》の狙撃で砕け散っている。

一度の銃撃だけなら防犯ガラスの全面に細かなひびが走るだけで、人が通れる穴にはならなかっただろう。現に窓ガラスを粉々に砕いたのは、二発目の銃弾だった。

有希《ゆき》が妙子《たえこ》に二発目を撃つリスクを冒させたのは、この為《ため》だったのだ。

無論、確実に多中《たなか》を部屋から燻《いぶ》り出すという目的もあった。だがそれに失敗した場合は窓から飛び込むことを、有希《ゆき》はあらかじめ計画に織り込んでいた。

その布石が今、活《い》きている。

有希《ゆき》は夜空に弧を描いて、多中《たなか》の前に飛び込んだ。

◇◇◇

若宮《わかみや》を完全に無力化したと見極めて、杏奈《あんな》は多中《たなか》が立てこもった部屋の扉をノックした。

「閣下、曲者《くせもの》は排除しました。もう出てきていただいても大丈夫です」

杏奈《あんな》は十分部屋の中に届く声で呼び掛けたつもりだった。

しかし、中から返事は無い。

元々杏奈《あんな》は、多中《たなか》が部屋から出るのに反対だった。

部屋の窓は基地に面している。その向こう側のビルまで、およそ八百メートル。狙撃には少々遠い距離だ。

しかも基地が目の前だから、銃声がしたなら警察より先に警備兵が駆け付ける。

こうした諸条件は、軟禁の初日に確認済みだ。だから彼女は、先程の銃撃は脅しに過ぎないと確信していた。三発目が飛んでこなかったことも、彼女の推測を補強していた。

しかしこの時、彼女は嫌な予感に捕らわれていた。

「閣下？　鍵を開けていただけませんか」

返事は無い。杏奈《あんな》は、多中《たなか》の声の代わりに銃声を聞いた。

「閣下⁉」

ドンドン、と激しくドアを叩《たた》く。

耳を扉にくっ付けてみても、部屋の中からは何も聞こえない。

杏奈《あんな》は右手に握ったままのサブコンパクトピストルを鍵穴に向けて、引き金を引いた。

銃を所持する者を閉じ込める部屋だ。鍵は銃撃で破壊できない強度を与えられているが、それは室内から操作できない電子錠の話。囚人の気休めに付けられている――プライバシーが守られているという気休めだ――シリンダー錠には、通常の強度しかない。

杏奈《あんな》は跳弾に曝《さら》されることもなく、鍵の破壊に成功した。

勢い良くドアを開ける。

「閣下⁉」

目に飛び込んできた光景に、杏奈《あんな》は立《た》ち竦《すく》んだ。

◇　◇　◇

有希《ゆき》が室内に飛び込んだ時、多中《たなか》が窓の方を向いていたのは単なる偶然だった。

彼は自分が拳銃をテーブルに置きっ放しにしていたことを思い出して、それを取りに向かったところだった。

　グリップに手が届いたタイミングで窓の外から飛び込んできた「何か」に、多中《たなか》はそれが人影だと認識する前に銃口を向けて引き金を引いた。

　思いがけず迅速な反応に有希《ゆき》は肝を冷やす。

　だが所詮はパニックに捕らわれた結果の反射的な射撃。スピードは狙いの正確さを伴っていなかった。有希《ゆき》が回避するまでもなく、銃弾は彼女の一メートル以上左を通過した。

　有希《ゆき》は器用に家具を避けて一回転し、落下の勢いをコントロールして立ち上がる。

　多中《たなか》は拳銃を構えたままだが、その手は震え狙いは定まらない。

　有希《ゆき》は銃を無視して踏み込んだ。

　多中《たなか》の指が引き金を引くより速く、
　有希《ゆき》のナイフが多中《たなか》の喉を貫いた。


　有希《ゆき》はナイフが刺さったまま多中《たなか》の身体《からだ》を床に転がし、柄尻に付けた細い紐《ひも》を手繰ってナイフを回収した。

「Nuts to you!」

　彼女が自分に仕事の完了を告げる決めゼリフに、激しく扉を叩《たた》く音が重なった。

『閣下!?』

　必死な声が廊下から聞こえてきた。

有希《ゆき》は一瞬も迷わず窓に走る。

小さく揺れているザイルに飛びつき、『身体強化《フィジカルブースト》』のパワーに任せて屋上へ登る。

彼女が鉄柵に手を掛けた時にはまだ、屋上には誰もいなかった。現時点で停電が始まってから二十分程しか経《た》っていない。誤差を織り込んでも、あと三十分以上この状態が続くはずだ。

有希《ゆき》は予定どおり、侵入経路を逆にたどって脱出することにした。

ザイルを回収し、デイパックを背負う。

逃走経路の隣のビルは、基地を臨むこのサイドの反対側だ。

(よし、行くか)

彼女がスタートを切ろうとしたその時、

強化された彼女の聴力はすぐ近くまで迫った、階段を駆け上がる足音を捉えた。

「チッ!」

有希《ゆき》は助走を中断した。

多分、そのまま跳んでも追跡者に先んじることはできただろう。ストッパーで開放状態にしていた扉はさっき閉めておいた。階段を駆け上がる足音の主が屋上の扉を開けた時には、有希《ゆき》は隣の屋上に立っている、そんなタイミングだった。

だが相手は間違いなく銃を持っている。

背後から銃弾を浴びる可能性は無視できなかった。

屋上の扉が乱暴な騒音と共に開く。

その向こうから現れたのは、予想どおり、仲間《なかま》杏奈《あんな》だった。

◇◇◇

床に倒れた多中《たなか》の姿に、杏奈《あんな》が立《た》ち竦《すく》んだのは一瞬のこと。彼女は多中《たなか》に駆け寄るのではなく、廊下の端、屋上へ続く階段へ走った。

多中《たなか》が死んでいるのは、脈を取るまでもなく一瞥《いちべつ》しただけで明らかだった。

（許さない）

（よくも閣下を）

彼女は恩人――と自分が思い込んでいる者――の死を悼《いた》むより、その仇《かたき》を討つことを選んだ。

（絶対に逃がさない）

窓の外に、微《かす》かに、だが確かに、大きく揺れるザイルが見えた。

風に煽《あお》られた揺れ方ではなかった。誰かが今まさにザイルを摑《つか》んで外壁を登っていたのだ。

間違いない。

上手《うま》く間に合えば、転落防止柵を乗り越えようとしている暗殺者を射殺できる。それに間に合わなくても「閣下」にもらった「減速」の力で必ず仇《かたき》を取る。

杏奈《あんな》は固く心に誓いながら、階段をひたすら駆け上がった。

最後の一段を蹴って、一気に屋上へ続く扉のノブを摑《つか》む。

力いっぱいノブを捻《ひね》って、杏奈《あんな》は体当たりする勢いで扉を押した。

鍵は掛かっていなかった。

杏奈《あんな》の身体《からだ》が夜空の下に飛び出す。彼女は暗殺者が上がって来るであろうサイドに身体《からだ》ごと振り向いた。

(いた!)

小柄な人影が鉄柵のこちら側に立っている。

(間に合った……!)

絶好の射殺タイミングには残念ながら間に合わなかった。

だが仇《かたき》に逃げられてしまうという最悪の事態は避けられた。

出入り口から鉄柵まで、約十五メートル。小柄な暗殺者が立っている所までなら十二、三メートルというところだろう。

彼女の『減速領域《ディーセラレイション・ゾーン》』の射程距離は十メートルだ。二、三歩近づくだけで仇《かたき》の動きを止められる。

杏奈《あんな》は軽く膝を曲げてダッシュの体勢を作った。『減速領域《ディーセラレイション・ゾーン》』に捕らえてしまえば復《ふく》讐《しゅう》は成ったも同然だ。彼女は一気にケリを付けるつもりだった。

しかし、そんな彼女の出鼻を挫《くじ》くように小柄な人影がナイフを投げる。
不意を突かれはしたが、杏奈《あんな》は警戒を怠ってはいなかった。
ナイフは彼女の視線に絡《から》め取られ、空中で静止して五秒経過後、屋上に落ちた。
「射程距離十メートル、持続時間五秒ってとこか」
暗殺者が聞こえよがしに呟《つぶや》く。
(測られた⁉)
杏奈《あんな》は動揺が面《おもて》に顕《あらわ》れるのを抑えられなかった。

◇◇◇

有希《ゆき》は屋上に姿を見せた杏奈《あんな》を、敢《あ》えてその場から動かずに観察した。
(まだ『減速領域《ディーセラレイション・ゾーン》』とやらは使っていないな)
後ろ手にそろそろとナイフを抜いて、動きが阻害されていないことを確認する。
杏奈《あんな》が軽く膝を曲げて身を沈める。
前へ飛び出す予備動作だと、有希《ゆき》は即座に理解した。
(間合いを詰めるつもりだな。この距離だと魔法の射程外ってことか)
杏奈《あんな》の魔法についての情報をもたらした若宮《わかみや》は、『減速領域《ディーセラレイション・ゾーン》』が何処《どこ》まで届くのか、正確な間合いは知らなかった。

現在、有希《ゆき》と杏奈《あんな》の距離は十二・五メートル。相手の魔法『減速領域《ディーセラレイション・ゾーン》』の厳密な射程距離が分かれば勝算はグッと高まる。

杏奈《あんな》の両足に力が入る。

有希《ゆき》はその機先を制するタイミングで、ナイフを投げた。

重心が前へ飛び出す為《ため》のポジションに移動した状態で、左右に躱《かわ》すことはできない。伏せるのも、手で払い落とすのも杏奈《あんな》の体勢では不可能だ。

ナイフから身を守るには、魔法で受け止めるしかない――。

ナイフは有希《ゆき》の注文どおり、空中で止まった。

静止した位置は、有希《ゆき》から二・五メートル。つまり、杏奈《あんな》から十メートル。

静止した時間は、きっかり五秒。

「射程距離十メートル、持続時間五秒ってとこか」

目測した結果を相手に聞こえる声で呟《つぶや》いてみる。

杏奈《あんな》の顔に、はっきりと動揺が浮かび上がった。

(当たりか)

思惑が的中しても、有希《ゆき》の意識は苦々しさで満たされていた。

こんなに容易《たやす》く自分の手の内を読まれるようでは、玄人《くろうと》とは呼べない。

保有しているスキルは有希《ゆき》より上かもしれないが、それを活《い》かす総合的な戦闘技術が未熟だ。強い武器を持てばそれだけで強くなれるわけではない。

（ハナといいコイツといい……素人《しろうと》がプロの仕事場に出てくるんじゃねえよ！）

有希《ゆき》の苛立《いらだ》ちが最高潮に達した。

彼女の全身に、かつてないレベルで異能の力が満ちる。

有希《ゆき》の身体《からだ》が杏奈《あんな》の視界から消えた。

杏奈《あんな》が目で追えない程のスピードで、有希《ゆき》が横に跳んだのだ。

杏奈《あんな》が狼狽《ろうばい》を露《あら》わにして顔を左右に振った。

彼女の口から驚愕《きょうがく》が漏れる。

「なっ⁉」

有希《ゆき》は杏奈《あんな》の左から急接近していた。——五人の有希《ゆき》が。

忍術に分身を生み出す技術は存在する。『分身の術』は『忍術使い』が幻術で自らの虚像を作り出す古式魔法の一つ。

だがこれは、幻術ではない。有希《ゆき》は魔法が使えないから、古式魔法の『分身の術』ではあり得ない。

彼女が今見せているのは、忍術の常識を破る、残像による『分身』だ。『身体強化《フィジカルブースト》』の異能が生み出す超速が、先人の誰一人として成し遂げられなかった「魔法に匹敵する体術」を実現

した瞬間である。

杏奈《あんな》の『減速領域《ディーセラレイション・ゾーン》』は、視認した物体に作用する。しかしそれは「見えている物全てに対して」という意味ではない。現代の魔法は「事象干渉対象を特定する情報を変数として魔法演算領域に送り込み魔法式を構築する」ものであり、杏奈《あんな》の『減速領域《ディーセラレイション・ゾーン》』もこのシステムに従っている。ただ見ただけで魔法の対象を設定などできるはずがない。

彼女に施された強化措置は、視覚を通じて意識のフォーカスを合わせ、当該物体のイメージを自動的に変数として魔法演算領域に送り込むというものである。

だから彼女はループ・キャストが持続している間、視認した物を止めずに済ませることができないし、視界に映っていても実在する物体として認識していない物に『減速領域《ディーセラレイション・ゾーン》』を作用させられない。

今の場合。

「同一人物（有希《ゆき》のことだ）が五人もいるはずがない」という常識が分身を実在の物体と認識することを妨げ、その中に混じっているかもしれない実体を止めることもできなかったのである。

もっとも――彼女が見た五人の有希《ゆき》は、全て虚像だったのだが。

杏奈《あんな》は魔法が発動しないまま、迫り来る分身の一つに銃を向けた。

次の瞬間、彼女は膝裏に強い衝撃を受け、襟首を背後から掴《つか》まれて強制的に跪《ひざまず》かされた。

襟首を摑《つか》んでいた手が頭に移動する。髪をしっかり摑《つか》まれて、彼女は振り返ることができなくなった。

喉に冷たい鋼の感触が生じた。

ナイフの腹が押し付けられたのだと、彼女はすぐに覚《さと》った。

冷たい感触が鋭い刺激に変わる。喉の皮一枚を切られたと、彼女は理屈抜きに実感した。

「多中《たなか》はもう死んだ」

暗殺者が小柄な女性であることは杏奈《あんな》も見当が付いていた。だが頭のすぐ後ろから降ってきた声は、彼女が予想していた以上に若かった。

「お前はヤツの護衛だろう？　護衛対象が死んだ以上、もう戦う理由は無いはずだ。なのに何故《なぜ》、あたしを追った？　自分が負けるはずはないとでも思っていたのか？」

有希《ゆき》の問い掛けに、杏奈《あんな》が首を振ろうとする。

だが、髪を摑《つか》まれている所為《せい》で、痛みに呻《うめ》く羽目になった。

「……そんなことは関係ない！　閣下は、多中《たなか》少佐は私の恩人だ。恩人を殺されて、黙っていられるものか！」

「恩人だから、仇《かたき》を討つと？」

「そうだ！　恩には報いなければならない。恨みは晴らさなければならない！　暗殺者、私はお前を許さないぞ！」

有希《ゆき》が大きくため息を吐く。

彼女はナイフを握る右手を少し動かした。

「許さなきゃ、どうするって？」

杏奈《あんな》の口から痛みを訴える声が漏れ、彼女の喉には一筋の血が流れる。

「っ……」

「…………」

「啖呵《たんか》を切る時は状況を良く考えてからにしろよ」

「くっ……殺せ！　恩人の仇《かたき》も取れずにのうのうと生《い》き存《なが》えるつもりは無い！」

「はぁ……」

有希《ゆき》の口から、さっきよりも長く、深いため息が漏れた。

「クッコロとか、お前は何処《どこ》ぞの女騎士かよ？　ハナといいお前といい、どうして命を粗末にしたがるかね？」

「ハナ⁉　ハナを知っているの⁉」

突然、杏奈《あんな》の口調が変わる。まるで別人になったような変化に有希《ゆき》も戸惑いを禁じ得なかったが、それでも杏奈《あんな》の拘束する手は緩めなかった。

杏奈《あんな》がマインドコントロールを受けていることを知らない有希《ゆき》には、ハナの名前でマインドコントロールが揺らいだのだと推測すらできない。ただ、明らかに風向きが変わったのは感じ取っていた。

「ハナは死んだよ。悪徳教祖に利用されてな」

「そう……」

「お前のことを気に掛けていたぜ。死ぬ間際《まぎわ》に、お前の名前を口にした程だ」

この空気の中、真実を話すのは、有希《ゆき》もさすがに気が引けた。

「……恨んでいたでしょう？　私のことを。あの子が手に入れるはずだったものを、横取りしたようなものですからね」

だが有希《ゆき》が喋《しゃべ》らなくても、杏奈《あんな》は不都合な真実にたどり着いた。

いきなり、ピストルを握っている杏奈《あんな》の右手が動く。

有希《ゆき》はナイフに力を加えて、反撃を思《おも》い止《とど》まらせようとした。

しかしそれは、無駄だった。

杏奈《あんな》は有希《ゆき》に対する反撃を企てたのではなかった。

彼女が手にしたサブコンパクトピストルの銃口は、彼女自身の胸、その真ん中に押し付けられた。

夜空に銃声が響く。

自ら心臓を撃ち抜いた杏奈《あんな》は、遺言も残さず屋上の床に崩れ落ちた。

「馬鹿野郎が……」

有希《ゆき》の手には、杏奈《あんな》の髪が数本だけ残された。

［9］

余りにも後味が悪い結末に、こみ上げてくる吐き気を堪えながら、有希《ゆき》は中継基地の貸しスタジオに戻った。
そこには鰐塚《わにづか》と、
追っ手の目をかいくぐった妙子《たえこ》と、
何故《なぜ》か、
腹に包帯を巻いて横たわる若宮《わかみや》と、
これまた何故《なぜ》か、
美少女姿の文弥《ふみや》が待っていた。
「有希《ゆき》、ご苦労様。無事ミッションは完遂できたみたいですね」
その姿に相応《ふさわ》しい声と口調で労《ねぎら》う文弥《ふみや》を、有希《ゆき》は所謂《いわゆる》「ジト目」で見据えた。
「ヤミ。お前、忙しかったんじゃなかったのか？」
有希《ゆき》の問い掛けに、文弥《ふみや》――ヤミは、花のような笑顔を返した。
「厄介な仕事が昨日ようやく片付いたので、様子を見に来ました」
「わざわざご苦労なこった」
有希《ゆき》が悪態をついても、ヤミの笑顔は小揺るぎもしない。――いつものことだ。

嫌味が不発に終わった有希《ゆき》は、もう一つ気になっていることに意識を向けた。

「また撃たれたのか？」

長椅子をベッドにして横たわっている若宮《わかみや》に目を向けながら、有希《ゆき》が訊《たず》ねる。

真新しい包帯を巻いたその姿からは「腹部に怪我《けが》をしたばかり」ということしか分からない。銃で撃たれたというのは有希《ゆき》の直感でしかなかったが、

「ええ」

という肯定の返事で、彼女の推測が正しかったと証明された。

質問に答えた文弥《ふみや》に、有希《ゆき》が視線を戻す。

「あたしが来ても寝たままなところを見ると、結構な重傷みたいだな。ヤミが助け出したのか？」

「実際に運んだのは部下ですけど」

「ああ、あの黒服たちか。じゃあ、結構な数で忍び込んだんだろ？　過保護なあいつらがヤミの護衛を疎《おろそ》かにするはずはないからな」

「過保護……まあ、そうですね」

文弥《ふみや》が苦笑しながら頷《うなず》く。

そんな笑い方をしていても、「ヤミ」は申し分なく美少女だった。

だからといって、有希《ゆき》は「彼女」に見取れたりしないのだが。

「……だったら、お前の配下で片付けた方が早かったんじゃないか？」

多中《たなか》の暗殺も黒羽《くろば》だけでできただろう？　という有希《ゆき》の指摘に、文弥《ふみや》は笑顔の種類を変えて首を横に振った。

「昨日までは本当に忙しかったんですよ。余裕ができたからといって、発注済みの仕事を取り上げたりしません」

「確かに、そんな真似《まね》をされたらこっちはたまらないけどな」

有希《ゆき》が顔を顰《しか》めながら、渋々といった態度で納得して見せる。

有希《ゆき》の質問が一段落したところで、文弥《ふみや》が笑みを消し真顔になる。

「ところで有希《ゆき》。顔色が優れないようですが」

文弥《ふみや》だけでなく鰐塚《わにづか》と妙子《たえこ》も心配そうな目を有希《ゆき》に向けていた。

「……何でもねえよ」

「何かあったんですか」

「何でもないって言ってんだろ！」

有希《ゆき》が出した大声に驚いているのは妙子《たえこ》だけだった。

「……怒鳴ったりして悪かったな」

決まり悪さで埋め尽くされた表情で、有希《ゆき》が謝罪する。

「いえ、気にしません」

文弥《ふみや》は何でもなかったような顔で有希《ゆき》の謝罪を受け入れ、身体《からだ》ごと鰐塚《わにづか》に目を向けた。

「鰐塚《わにづか》さん。しばらく若宮《わかみや》さんを預かってもらえませんか」

鰐塚《わにづか》が戸惑いを見せたのは、ほんの一秒前後だった。

「――場所は知り合いの病院でよろしいでしょうか」

「ええ、お任せします」

「かしこまりました、ヤミ様」

恭《うやうや》しく一礼する鰐塚《わにづか》に「ヤミ」は可憐《かれん》な笑顔で頷《うなず》き、貸しスタジオを後にした。

◇◇◇

「ヤミ」の姿が完全に見えなくなって、ずっと沈黙を守っていた若宮《わかみや》が口を開いた。

「今の小娘はもしかして、『アンタッチャブル』の一族か？」

「小娘……」

有希《ゆき》の反応は、笑いを堪えているような、表情の選択に窮しているような、奇妙なものだった。

「……済まない。失礼だったか？」

若宮《わかみや》はその反応を、主人を軽んじられて気分を害していると誤解した。

「いや、そういうわけじゃない」

有希《ゆき》はそう答えるだけで、それ以上誤解を解く為《ため》の説明はしなかった。

「あいつは『黒羽《くろば》』だよ。あたしたちの実質的な雇い主だ」

若宮《わかみや》の反応は劇的なものだった。

「クロバ⁉　あの『黒羽《くろば》』か⁉」

「知っていたか」

「……ああ。実際に姿を見たのは初めてだ」

「そりゃそうだろうな。『姿を見た者は死ぬ』なんて噂《うわさ》されている連中だ。まあそれも、あながち大袈裟《おおげさ》じゃないいんだか」

「そうなのか……」

「ああ。お前も腹を括《くく》れよ。死ぬというのは誇張だとしても、あいつらからは逃げられん。そのことは、あたしら亜貿社《あぼうしゃ》が嫌というほど思い知ってる」

「………」

絶句する若宮《わかみや》を見て、有希《ゆき》は些細《ささい》な悪戯心《いたずらごころ》を起こした。

「ようこそ、リッパー。死ぬことだけが安息の、逃れられないブラックな職場へ。歓迎するぜ。一緒に地獄へ落ちようじゃないか」

有希《ゆき》の不器用なウインクに、若宮《わかみや》は器用にも、横になったままガックリと肩を落とした。

〔完〕

ナッツ&リッパー［チーム結成指令］

［1］

二〇九六年十一月十日、夜。

有希《ゆき》は文弥《ふみや》に呼び出されて、都内某所にあるホテルに来ていた。

用件は聞いていない。昨晩、「至急開封」の扱いで届いたメールに呼び出しの場所と日時が指定されていただけだった。

こういうことは初めてではない。電話ではなく一方的なメールで指示を送りつけてきたのは、「質問は受け付けない」という意味だ。二年以上の付き合いで有希《ゆき》はそれを理解していた。

もとより有希《ゆき》に拒否権は無い。彼女は指定時間三分前に、当該ホテルのロビーに到着した。

鰐塚《わにづか》は、一緒ではなかった。有希《ゆき》は彼に声を掛けたのだが、黒羽家《くろばけ》から別の用事を言い付けられていると断られたのだった。

その代わりというわけでもないが、彼女の隣には奈穂《なお》がいた。

付き添いではない。奈穂《なお》も有希《ゆき》と共に呼び出されたのである。

二人を待ち構えていたように、ベルスタッフが近づいてきた。有希《ゆき》が外からでは覚《さと》られぬよう密《ひそ》かに身構える。ベルスタッフの身のこなしは、彼女にそうさせる程、隙が無かった。

「榛《はしばみ》様に、桜崎《おうざき》様ですね？」

形式的な身許確認《みもとかくにん》に、有希《ゆき》が「ああ」と無愛想に頷《うなず》く。奈穂《なお》は「はい」と小声で答え、ペコリと頭を下げた。

「黒川《くろかわ》様がお待ちです。ご案内しますので、どうぞこちらへ」

「黒川《くろがわ》？」

ベルスタッフの言葉に有希《ゆき》は訝《いぶか》しげな声を漏らしたが——文弥《ふみや》はいないのか？　と彼女は訝《いぶか》しんだのだ——、奈穂《なお》がそれを誤魔化すように、

「よろしくお願いします」

と応えて有希《ゆき》を目配せで促した。

二人はスタッフの後に続いてエレベーターに乗り込んだ。

ベルスタッフは行き先階のボタンを押すのではなく、胸ポケットからカードキーを取り出してスリットに差し込む。ドアが閉まり、エレベーターが上昇を始めた。

「黒川《くろかわ》って？」

有希《ゆき》が奈穂《なお》に小声で訊《たず》ねる。

「黒川《くろかわ》さんは文弥《ふみや》さまの側近です。右腕と言って良いと思います」

奈穂《なお》も小声で答えを返す。

囁《ささや》き声《ごえ》とはいえ静かな密室の中だ。ベルスタッフにも聞こえたはずだが、彼は振り返らない。

意識を向けた素振りも無かった。

コンソールのボタンは十二階まで。

だが階数を表示するデジタルメーターは「十三」で止まった。

ベルスタッフがドアを押さえて有希《ゆき》と奈穂《なお》に降りるよう促す。

彼は二人をエレベーターホールを出てすぐの扉まで連れて行った。

「棒《はしばみ》様と桜崎《おうざき》様をお連れしました」

ベルスタッフがインターホンに話し掛けると、

「お通ししろ」

すぐに返事があった。

鍵が外れる、微かな音。

ベルスタッフがドアレバーを下に回して、手前に引く。

「お入りください」

彼はドアを押さえたまま、有希《ゆき》たちにそう告げた。

◇　◇　◇

「なんだ、いるじゃねえか」

部屋の奥で待っていた文弥《ふみや》に、有希《ゆき》は拍子抜けした声で文句を言った。

文弥《ふみや》は薄らと笑うだけで、彼女の抗議をスルーした。

有希《ゆき》も文弥《ふみや》の居留守に拘《かかわ》らず、彼の横に控える人物に注意を向けた。

一人掛けのソファに座る文弥《ふみや》の横には三十歳前後の、印象が薄い男性が立っていた。二枚目には違いないのだが、顔立ちに特徴らしい特徴が無い。体付きも中肉中背で、別れた後で思い出すのに苦労しそうな人物だ。

「アンタが黒川《くろかわ》さん？　……どっかで会ったことあるよな？」

現に有希《ゆき》は彼に何時《いっ》会ったか、そもそも本当に会ったことがあるのかどうかさえ思い出せない。

有希《ゆき》の問い掛けに対して、黒川《くろかわ》は意味有り気に笑うだけだった。

有希《ゆき》はこちらの追及も諦めた。元々、気になって仕方がないというわけでもないのだ。

「……それで？　また仕事の指令か？」

彼女はそれより急な呼び出しの理由を確かめることにした。有希《ゆき》と文弥《ふみや》は部下と主人の間柄だ。彼女的には「飼い犬と飼い主」の方がしっくりくるかもしれない。文弥《ふみや》の配下となるに当たって、有希《ゆき》に選択権は無かった。彼女は戦いに敗れて道端に転がっていたところを文弥《ふみや》に拾われただけなのだから。

実際の経緯はもう少し複雑だったが、これも有希《ゆき》にはどうでもいいことだ。今の彼女は文弥《ふみや》が命じるままに獲物を狩る猟犬でしかない。

「仕事の話だ。だけど、今日は暗殺の依頼じゃない」

文弥《ふみや》が依頼というフレーズを使ったことに、有希《ゆき》は皮肉っぽく唇を歪《ゆが》めた。

「じゃあ、何の依頼だ？」

有希《ゆき》の皮肉は、文弥《ふみや》には通じなかった。

「少し待ってくれる？　続きは全員揃《そろ》ってから話したい」

この場は、あっさり流された有希《ゆき》の方が鼻白む羽目になった。

◇　◇　◇

「何だ、クロコ。お前も文弥《ふみや》に呼ばれていたのか。だったらそう言えば良いじゃねえか」

まだ来ていなかったメンバーの「一人」は、鰐塚《わにづか》だった。

「言えば何を指図されたのかも訊《き》いたでしょう？」

「そいつが来ることを聞いたからって、呼び出しを拒否したりしなかったぜ」

そう言いながら、有希《ゆき》は「最後の一人」に目を向けた。

鰐塚《わにづか》が連れてきた「もう一人」は、先日の仕事でターゲットを取り合ったフリーの殺し屋、『リッパー』こと『若宮刃鉄《わかみやはがね》』だった。

有希《ゆき》にとっては一度殺されかけた相手だが、彼女の仕事ではよくあることだ。最初から蟠《わだかま》りは無い。

「よう。もう傷は良《い》いのか？」

有希《ゆき》は若宮《わかみや》に、気さくに声を掛けた。前回のターゲット、若宮《わかみや》にとっては自分自身の仇《かたき》である国防陸軍の多中《たなか》少佐を襲撃した際、彼は二度にわたって腹を撃たれ、亜貿社《あぼうしゃ》の息が掛かった病院で治療を受けていた。

「ああ。御蔭様《おかげさま》でな」

特に二発目は重傷で、それから二週間しか経《た》っていないのだが、動作を見る限り傷をかばっている様子は無い。治ったというのは強がりではないだろう。現代医学の進歩には、有希《ゆき》もたびたび恩恵を受けている。

「そうか。良かったな」

「まあな」

若宮《わかみや》が苦笑いしたのは、銃で撃たれたこと自体は決して「良かった」で片付けられることではないからだ。

だが腹に二発喰《く》らって二週間程度で自由に歩き回れるまで回復したのは、やはり運が良かったと認めなければならない。それも、若宮《わかみや》は理解していた。普通に考えれば手当が間に合わず死んでいた可能性の方が高いシチュエーションだったのだ。

「さて」

二人の雑談を文弥《ふみや》が遮る。

「親交を深めるのは後にしてもらって、先に用件を伝えておこう」

有希《ゆき》と若宮《わかみや》だけでなく、奈穂《なお》と鰐塚《わにづか》も文弥《ふみや》に目を向けた。

「取《と》り敢《あ》えず座って。……奈穂《なお》、君もだ」

文弥《ふみや》に促されて、躊躇《ためら》っていた奈穂《なお》も腰を下ろす。

「君たちにはチームを組んでもらう」

文弥《ふみや》はいきなり、本題を告げた。

四人の意思を問うこともなく決定事項として、まさに伝えた。

「……理由を訊《き》いても良いだろうか」

真っ先に、若宮《わかみや》が反応する。

「あたしも訊《き》きたいな。何故《なぜ》そんな話になるんだ？」

有希《ゆき》も文弥《ふみや》に理由を訊《たず》ねた。

「不服かい？」

文弥《ふみや》にそう問い返されても、有希《ゆき》は怯《ひる》まなかった。

「そいつの——リッパーの実力に疑いは無《ね》えよ。案件に応じて手を組むのは、不満どころか歓迎するぜ」

有希《ゆき》はいったん、自分と互角に戦った若宮《わかみや》に対する敬意を彼女なりに示した上で、

「だがコンビやチームを組むとなれば話は別だ。あたしとクロコは上手《うま》くやっている。奈穂《なお》もようやく馴染《なじ》んできた。現状、戦力に不足は感じねえ。今のままでも上手《うま》く機能しているのに、敢《あ》えて戦力を補強する理由は何だ？」

質問の意図を文弥《ふみや》に説明した。

有希《ゆき》のセリフを、文弥《ふみや》は頷《うなず》きながら聞いていた。

「僕が必要だと判断したから、では納得できないかい？」

その上で、文弥《ふみや》は声に威圧を込めてそう訊《たず》ねた。

「命令には従う」

有希《ゆき》は気圧《けお》されながらも、文弥《ふみや》の目をしっかりと見返している。

「だが、理由は説明してもらいたい。それともあたしたちには言えない裏があるのか？」

その上で、はっきりと説明を求めた。

「裏なんて無いよ」

この場は文弥《ふみや》が苦笑しながら折れた。

「理由は今まさに有希《ゆき》が言った、戦力だ」

有希《ゆき》が訝《いぶか》しげに眉《ひそ》を顰める。

「……つまり現状の私たちでは対応できない仕事を、今後はやらなければならないということ

「でしょうか」

　有希《ゆき》が理解できなかった部分を補ったのは、鰐塚《わにづか》だった。

「今のままでも対応不可能とは思っていない」

　文弥《ふみや》の回答は、部分否定の形を取った肯定だ。つまり自分に今までとは毛色が違う仕事をさせるつもりなのだな、と有希《ゆき》は解釈した。

「でも、魔法師や異能者が相手だと、有希《ゆき》の『身体強化《フィジカルブースト》』だけでは苦戦を免《まぬが》れないケースも考えられる。今までは相手のレベルを考慮して無理のない仕事をお願いしてきたけど、これからはそうも行かない。この前は本当に人手が足りなかったからね。君たちには僕たちが対処してきたような連中の相手もしてもらうつもりだ」

　有希《ゆき》たちは知らないことだが、文弥《ふみや》を含めた黒羽《くろば》家《け》は一カ月以上、いや、ほぼ二ヶ月、無国籍華僑《かきょう》の古式魔法師『周公瑾《しゅうこうきん》』に掛かり切りだった。「人手不足」というのは決して誇張ではなかった。

「魔法師や異能者の相手か。俺がチームに組み込まれるのは『術式解体《グラム・デモリッション》』を使えるからか？」

　それまで黙って話を聞いていた若宮《わかみや》が、ここで会話に加わる。

「そうだけど、それだけじゃない。若宮《わかみや》、君も今回のことでソロの限界を思い知ったんじゃないかな。君の特技を活《い》かす為《ため》にも、前衛でコンビを組むバディは必要だ」

本題とは直接の関係が無いことだが、文弥《ふみや》が若宮《わかみや》を呼び捨てにするのを聞いて「ああ、やっぱりコイツも囚《とら》われたか……」と有希《ゆき》は思った。

「つまり、リッパーをチームに加えるのは魔法師対策ということですか？」

鰐塚《わにづか》が文弥《ふみや》の説明を総括する。

「そうだ。高レベルの魔法師対策だね」

文弥《ふみや》は鰐塚《わにづか》の言葉を微妙に修正して頷《うなず》いた。

「……分かった。そういうことなら、補強は必要だとあたしも思う」

「俺も理解した」

そして有希《ゆき》と若宮《わかみや》も、納得を表明した。

「それじゃ、ここから先は個別の指示だ。ああ、鰐塚《わにづか》のミッションに変更は無いから、帰りたければ帰って良いよ」

「いえ、よろしければ最後までお話をうかがいたいと思います」

「そう？　別に良《い》いけど」

文弥《ふみや》はそういう軽い言い方で鰐塚《わにづか》の同席を許した。

（それにしてもコイツ……ヤミの時とはキャラまで別人だな）

有希《ゆき》は心の中でそんなことを考えたが、無論、口や表情に出すような真似《まね》はしなかった。

もっとも、うっかり口を滑らせても、文弥《ふみや》は気にしなかっただろう。多分、文弥《ふみや》本人が「ヤミに変装した自分は本来の自分じゃない」と思いたがっている。

「奈穂《なお》、まずは君だ」

「はいっ」

応える奈穂《なお》の声はガチガチに緊張していた。

「君には、狙撃を覚えてもらう」

「――はい」

奈穂《なお》の口調から微《かす》かに気落ちした気配が滲《にじ》み出しているのは、文弥《ふみや》の指示が彼女の魔法師としての力量に見切りを付けた結果だと考えたからだった。

「誤解しないで欲しい。奈穂《なお》の真価はあくまでも特殊な魔法技能にある。そちらの研鑽《けんさん》も怠ってては駄目だよ」

「はい、あの……？」

しかし即座に自分の誤解だと否定されて、奈穂《なお》は混乱してしまう。

「有希《ゆき》も若宮《わかみや》も近接戦闘タイプだ。チームの構成上、狙撃手が必要になる。奈穂《なお》の魔法でカバーできない、遠距離にも対応できるスナイパーがね。でも、いつもいつも都合良くこの前の『アニー』みたいな助っ人《すけっと》が確保できるとは限らない。だから奈穂《なお》に、その役目も兼ねてもらいたい」

「はいっ。喜んで務めさせていただきます！」

一転して、気合いの入った顔で奈穂《なお》は頷《うなず》いた。

「良《い》い返事だ。教官は用意してあるから、早速明日から訓練に入ってくれ。行き先は君の個人端末に送信してある」

奈穂《なお》が慌ててポーチから情報端末を取り出した。

「……はい、確認しました」

「オーケー。次に、若宮《わかみや》」

文弥《ふみや》が若宮《わかみや》に目を向ける。

若宮《わかみや》は無言でその視線を受け止めた。

「君の課題は『術式解体《グラム・デモリッション》』のレベルアップだ」

「具体的には？」

「第一に、射程距離の向上。君の現在の射程距離は十メートルもないだろう？」

「……八メートルだ。だが『術式解体《グラム・デモリッション》』は射程距離の短さが構造的な欠点で、それ以上射程を伸ばそうとしても威力が下がるだけではないのか？」

「軍の施設でそう聞いたんだね？」

「……ああ」

「でも僕が知っている『術式解体《グラム・デモリッション》』の射程距離は三十メートルだよ」

「…………」

「まあ、達也《たつや》兄さんは特別だから」

絶句する若宮《わかみや》の隣で、有希《ゆき》は「やはりか」と思った。魔法師ではない有希《ゆき》にはその射程距離がどれ程凄《すご》い数字なのか見当も付かなかったが、何となく「あの人のことだから規格外なんだろうな」と考えていた。

「君の『術式解体《グラム・デモリッション》』に同じ性能を求めるつもりはない。だけどその半分は欲しい」

「十五メートル……現在の二倍弱か」

若宮《わかみや》が顔を顰《しか》める。

「期限は？」

「いきなり十五メートルは求めない。まずは一ヶ月で十メートルまで伸ばして欲しい」

「一ヶ月……了解した」

「良《い》い返事だ。でも、それだけではないよ」

「……そういえばさっき、『第一に』と言っていたな。では、第二、第三があるのか？」

「いや、もう一つだけだ」

文弥《ふみや》の答えに、若宮《わかみや》はかえって警戒感を覚えた。

「……何をすれば良い？」

「若宮《わかみや》、君は『術式解体《グラム・デモリッション》』の、魔法を無効化する以外の使《つか》い途《みち》を知っているかい？」

「……？　『術式解体《グラム・デモリッシヨン》』は相手の魔法を無効化する為《ため》の対抗魔法ではないのか？」

「確かにそうだ。だけど『術式解体《グラム・デモリッシヨン》』には白兵戦に極めて有効な、もう一つの使《つか》い途《みち》がある」

「もったいぶらずに教えろよ」

焦《じ》れた口調で有希《ゆき》が口を挿《はさ》む。

もとより文弥《ふみや》に、「もったいを付ける」意図など無かった。

「『術式解体《グラム・デモリッシヨン》』に限らず、高圧の想子流《サイオンりゅう》を浴びた人体は運動神経が一時的に麻痺《まひ》してしまう。厳密には、肉体に重なっている想子体《サイオンたい》が高圧の想子《サイオン》を浴びることでダメージを誤認し、ダメージが精神に及ばないよう肉体と精神のリンクを遮断してしまう。それが肉体的には、運動神経の麻痺《まひ》となって表れる」

「つまり、『術式解体《グラム・デモリッシヨン》』とやらを撃ち込まれるとまともに動けなくなるってことか？」

有希《ゆき》の質問に、文弥《ふみや》は軽く頭《かぶり》を振った。

「普通に『術式解体《グラム・デモリッシヨン》』を使うだけでは、肉体に干渉できない。相手の身体《からだ》を丸ごと呑《の》み込《こ》む程の膨大な想子流《サイオンりゅう》を浴びせるか、肉体と想子体《サイオンたい》の相互作用が特に強い急所に圧縮した想子《サイオン》の塊を撃ち込まなければならない。具体的には心臓とか丹田《たんでん》とかだね」

「……相手の全身を呑《の》み込《こ》む『術式解体《グラム・デモリッシヨン》』など、俺には無理だぞ。いや、そもそもそんな真似《まね》が可能な魔法師がいるのか？」

「達也《たつや》兄さんにはできるけど」

若宮《わかみや》の口から「化け物か……」という呟《つぶや》きが漏れた。

その声に込められていたのは嘲りや蔑みではなく畏怖だったので、文弥《ふみや》は若宮《わかみや》の暴言を見逃した。

「じゃあ、方向性は決まった。君には圧縮した想子《サイオン》を正確に急所へ撃ち込む技術を修得してもらう。そうだね……こっちも一ヶ月以内で」

「……指導者を斡旋《あっせん》して欲しい」

「もちろん良《い》いとも。一両日中に連絡するよ」

若宮《わかみや》が小さく頭を下げる。文弥《ふみや》は軽く頷《うなず》くことでそれに応え、有希《ゆき》に顔を向けた。

「最後に、有希《ゆき》」

「あたしは何をすれば良いんだ？」

「君はこの黒川《くろかわ》の下で、忍術を再修行してもらう」

「……あたしは魔法を使えないぞ」

文弥《ふみや》の側近ならば当然魔法師だろう。有希《ゆき》のこれは、そう考えたが故のセリフだった。そして、彼女の推測は間違っていない。

「心配しなくて良い」

だが文弥《ふみや》は、笑みを浮かべもせずに素っ気なく、有希《ゆき》の懸念《けねん》を一蹴した。

「黒川《くろかわ》が稽古を付けるのは、魔法じゃない方の忍術だ」

「そいつも魔法師だろ？」

有希《ゆき》が黒川《くろかわ》を目で指し示しながら文弥《ふみや》に問う。

「そうだよ。彼は優秀な魔法師であり、甲賀流《こうかりゅう》の達人でもある」

「甲賀《こうか》の？　マジか？」

「本当だとも。何なら試してみても良い」

文弥《ふみや》の挑発に有希《ゆき》はスッと目を細め、半秒で『身体強化《フィジカルブースト》』を発動した。

有希《ゆき》が隠し持っていたナイフを抜き、矢のような勢いで黒川《くろかわ》に襲い掛かる。

光沢の無いセラミックの刃が黒川《くろかわ》の腹を貫いた、かに見えた。

だが次の瞬間、有希《ゆき》のナイフは彼女の腕ごと、黒川《くろかわ》が着ていたジャケットに絡《から》め取られていた。

——そこにはジャケットしかなかった。

「……まさか本気で殺しにくるとは」

有希《ゆき》が愕然《がくぜん》と目を見張る。

彼女が襲い掛かった時、黒川《くろかわ》は文弥《ふみや》の右側にいた。

だか今、呆《あき》れ声でぼやいた男は、文弥《ふみや》の左側にいる。

顔がそっくりの替え玉などではない。間違いなく、有希《ゆき》が攻撃を仕掛けた黒川《くろかわ》本人だ。

「僕も予想外だったよ。お前でなければ死んでいたな」

「何を他人事《ひとごと》みたいに。嗾《けしか》けたのは若じゃないですか」

「お前なら死なないと信頼していたからだよ」

「若の信頼が重すぎて涙が出そうです。私なら死んでも良い、の間違いでなければ良いんですが」

「そんなわけないじゃないか」

白々しい主従漫才が一段落したところで、

「……何をしたんだ？」

有希《ゆき》はようやく、そう訊《たず》ねる気力を回復した。

黒川《くろかわ》が文弥《ふみや》に目を向ける。文弥《ふみや》は面倒臭そうに頷《うなず》いて、黒川《くろかわ》に説明役を押し付けた。

「君のことは『ナッツ』で良いだろうか？」

黒川《くろかわ》は、回答の前置きとして有希《ゆき》にこう訊《たず》ねた。

「ああ、そう呼んでくれ」

有希《ゆき》はどうでも良さそうに頷《うなず》いた。

「ナッツはどの程度、術の種類を知っている？　魔法ではない忍術のことだが」

「名前だけなら一通り知っている。会社の研修で教わった」

「では『空蝉《うつせみ》』については？」

「わざと目立つ服を身に着けて、相手の意識を服に引き付け、それを用意したダミーに素早く着せることで敵の攻撃を誘導するトリックのことだろ。体術って言うより奇術に近い技だ。実戦で成功させるのは難しいって聞いたぜ」

そこで有希《ゆき》が、ハッと目を見開く。

「もしかして今のは『空蝉《うつせみ》』か……？」

「実戦で成功させられない技の名前が、何百年も伝えられるはずがないだろう」

黒川《くろかわ》は、そんな皮肉っぽいセリフで有希《ゆき》の疑問に答えた。

「実際に使用された『空蝉《うつせみ》』の正体は幻術だと思っていたぜ……」

「それも間違いではない。古式魔法・忍術にも『空蝉《うつせみ》』と呼ばれる術は存在する。だが私に言わせれば、あれは余り実用的ではないな」

「魔法の『空蝉《うつせみ》』よりも、奇術、いや体術の『空蝉《うつせみ》』の方が実戦的だってのか？」

黒川《くろかわ》は有希《ゆき》へ、できの悪い生徒を見る目を向けた。

「ナッツ、『空蝉《うつせみ》』はどんな状況で使う術だと思う？」

「状況……？」

思ってもみない質問に、有希《ゆき》が戸惑いを露《あら》わにする。

黒川《くろかわ》的に、その反応は赤点だったようで、

「そこからか……」

と彼はぼやいた。

「忍術に限らず、どんな技術にも長所と短所がある。そして長所を活《い》かせる状況、短所が露《あら》わになる状況に分かれる。ここまでは理解できるな？」

有希《ゆき》が自信なさげに頷《うなず》く。

「では『空蟬《うつせみ》』の長所と短所は何だ？」

黒川《くろかわ》は、畳み掛けるように問いを重ねた。

「いきなりそんなことを言われても……」

有希《ゆき》が途方に暮れた顔で目を泳がせる。その様は小さな子供のようで、有希《ゆき》の外見には妙にマッチしていた。

黒川《くろかわ》は、もうぼやかなかった。

「理屈をこねる必要は無い。自分が感じたことを言ってみろ」

「感じたこと……」

有希《ゆき》は自分の内側をのぞき込もうとするように目を閉じた。

「長所は……敵の攻撃を躱《かわ》すことがそのまま、敵の『虚』を招き、反撃する為《ため》の隙を作り出すことにつながっている」

目を閉じたまま、有希《ゆき》は黒川《くろかわ》が出した課題に答える。

「正解だ。では、短所は？」

「効果が短時間しか続かない……いや、これじゃないな」

有希《ゆき》が一度出した答えを自分で取り消す。

彼女は目を閉じているので分からなかったが、彼女の前で黒川《くろかわ》は満足げに頷《うなず》いていた。

「……奇襲にしか使えない、か？『空蝉《うつせみ》』を警戒している相手は虚を突かれることもなく、単に素早い回避にしかならない」

「大体良《い》いだろう」

黒川《くろかわ》が合格点を出す。

有希《ゆき》は心なしかホッとした表情で目を開けた。

「『空蝉《うつせみ》』は瞬間的な攻防の中でこそ真価を発揮する術だ。敵を仕留めた、と確信する心にこそ『虚』が生まれ隙ができる。さっきのナッツがそうだったように。逆に、幻術を警戒している相手には効果が薄い」

「魔法の『空蝉《うつせみ》』は術を発動する為《ため》の準備動作で敵の警戒を招くということか？」

「相手が『空蝉《うつせみ》』の手札を知っている場合に限らない。何らかの術を発動しようとしている敵に攻撃が届いただけでは、本当に仕留め切れたかどうか確かめるまでは気を緩めたりしない。残心というやつだ」

「確かに……」

「故に『空蝉《うつせみ》』は瞬間的な判断で使えなければ、本当に使いこなしていることにはならないというのが私の持論だ。準備に半秒も掛けているようでは、それこそ相手を感心させるだけの手品だ。一握りの達人によるものを除いて、古式魔法『空蟬《うつせみ》』は芸にしかならない」

「一瞬で幻術を完成させられるような魔法師はほんの一握り、ってことだな」

有希《ゆき》が感心も露《あら》わに頷《うなず》く。

彼女たちの遣《や》り取《と》りを聞いていた文弥《ふみや》が「そうだ！」と楽しそうな声を上げた。

「黒川《くろかわ》。有希《ゆき》の修行の、最初の課題は『空蟬《うつせみ》』の修得にしてはどうだ？」

「それは良《い》い考えですね、若」

黒川《くろかわ》も楽しげに唇の両端を吊《つ》り上《あ》げる。

「では、ナッツ。若のご命令だ。君には一ヶ月で『空蟬《うつせみ》』を会得《えとく》してもらう」

有希《ゆき》は恨めしげな目を文弥《ふみや》に向けた。

「……どうせ拒否権は無いんだろう？」

文弥《ふみや》が笑顔のまま頷《うなず》く。

一つの「術」、しかも今目の前で見せられたような高度な「忍術」をわずか一ヶ月で会得《えとく》するというのがどれだけ無茶な要求か良く知っている有希《ゆき》は、ため息と共に肩を落とした。

［2］

明けて十一月十一日、日曜日。

有希《ゆき》と奈穂《なお》は早朝、マンションを発《た》った。行き先は別々だ。

有希《ゆき》は「電車」で西へ、奈穂《なお》はひとまず飛行場へ向かった。奈穂《なお》はそこで、文弥《ふみや》が雇った射撃の教官役と落ち合うことになっている。

(銃かぁ……あたしにできるかな)

文弥《ふみや》には気合いの入った応えを返した奈穂《なお》だが、有希《ゆき》のマンションに帰った途端、彼女の心は不安で満たされた。

実を言えば、奈穂《なお》は銃器に関して完全な素人《しろうと》というわけではなかった。四葉《よつば》家《け》の訓練施設で戦闘魔法師として育成されていた際に、銃についても一通り手ほどきを受けている。

そして残念ながら、奈穂《なお》は余り筋が良くなかった。基本的な使い方は他の子供たちと同程度のスピードで覚えたが、教官には早々に「センスが無いから別の武器を練習しろ」と匙《さじ》を投げられた。

(あたしが落ちこぼれなのは、銃だけじゃなかったけど)

奈穂《なお》は自分がネガティブな思考の沼に沈みかけているのを自覚して、ブルブルと頭を振った。

（そろそろ時間だよね……。教官の人、来てるかな？　向こうから声を掛けてくれるってことだけど）

ちょうど奈穂《なお》がそう考えたタイミングだった。

「奈穂《なお》ちゃん」

名前を呼ばれて奈穂《なお》が振り向く。

「姉川《あねがわ》さん……」

奈穂《なお》に声を掛けてきたのは、『アニー』こと『姉川妙子《あねがわたえこ》』だった。

（教官役の人って姉川《あねがわ》さんなんだ……）

意外ではあったが、驚きは小さかった。

もしかしたら奈穂《なお》は意識していない部分で、この展開を予感していたのかもしれない。

「そんなに頭を振ってどうしたの？　ツインテールがでんでん太鼓みたいだったわよ」

妙子《たえこ》が冗談っぽく笑い掛ける。いや、「ぽく」ではなく、雰囲気を和ませる為《ため》の冗談だったのかもしれない。

「でんでん太鼓？」

冗談だったとすれば、残念ながら不発に終わった。

「知らない？　赤ちゃんをあやすのに使う玩具なんだけど」

「知りません」

奈穂《なお》には「でんでん太鼓」が何なのか、通じなかったのだ。

「小さな太鼓の両端に重りの付いた紐《ひも》がぶら下がっていてね……、いえ、良《い》いわ」

妙子《たえこ》が途中で説明を止めたのは、「通用しなかった冗談を解説しても白けるだけだ」と考えたからだった。……まあ、妥当な判断と言えよう。

「?」

奈穂《なお》は不思議そうな顔をしていたが。

「じゃあ、行きましょうか」

妙子《たえこ》が二人分の航空チケットを見せながら、先に立って歩き出す。

「あっ、はい」

奈穂《なお》はすぐ、その背中に続いた。

奈穂《なお》はそのまま飛行機に乗り込むのだと思っていた。だが妙子《たえこ》が向かった先は、空港内のアパレルショップだった。

「あの……姉川《あねがわ》さん?」

「お金の心配はしなくて良いわよ。予算はたっぷりもらっているから」

「着替えは持ってきていますよ?」

訓練で着る服は黒羽《くろば》の方で手配してくれていると言われたが、訓練期間は一週間やそこらでは済まないと考えて、奈穂《なお》は多めの着替えをスーツケースに詰めてきた。枚数重視で種類は乏しいが、遊びに行くのではないのでこれで十分と奈穂《なお》は考えていた。

「でもその格好じゃ、飛行機から降りた時に寒いと思うけど」

しかし妙子《たえこ》の反論は、奈穂《なお》の想定を超えていた。

「あの……何処《どこ》に行くんですか？」

「北海道《ほっかいどう》」

「…………」

目的地は奈穂《なお》が予想していたより、ずっと遠かった。

◇　◇　◇

『何処《どこ》で修行するんだ？』

『西へ向かってもらう』

昨日こう聞いて、有希《ゆき》は琵琶湖《びわこ》の南で修行するのだと思っていた。具体的な地名は甲賀《こうか》だ。教師役の黒川《くろかわ》が甲賀流《こうかりゅう》の忍者だと聞いたからである。

しかし今朝になって指示された行き先は渥美半島《あつみはんとう》の根元、市町村名で言えば『豊橋市《とよはしし》』だった。

(なんで忍術の修行をするのに、こんな所まで来なきゃいけないんだ?)

有希《ゆき》は不満、というより不思議だった。

遠出自体は苦にならない。彼女は世界を股に掛けるような超売れっ子の殺し屋ではないが、亜貿社《あぼうしゃ》の仕事で遠征することもある。それも首都圏近郊だけでなく、西は福岡《ふくおか》から東は盛岡《もりおか》まで、一回当たり大体半月から一カ月の出張を経験していた。

彼女が引っ掛かっているのは「修行なんて何処《どこ》でもできるじゃないか」という点だった。

もっとも、行き先を甲賀《こうか》と予想していた昨晩は「何処《どこ》でも」などとは思わずに、むしろ「甲《こう》賀《か》か。どんな所なんだろう?」と期待していたのだから、彼女も存外ミーハーである。

しかしその疑問は、駅を出て然程経《さほどた》たない内に解消した。

「有希《ゆき》さん、いらっしゃい」

駅前で、高校生くらいの美少女が有希《ゆき》に話し掛けてきた。

「……亜夜子《あやこ》さん、だったか?」

その少女に、有希《ゆき》は見覚えがあった。

「良く覚えていてくれましたね。半年以上前に一度お会いしただけなのに」

セリフとは裏腹に、亜夜子《あやこ》の口調は「覚えているのが当然」というものだった。

また実際有希《ゆき》にとっては、忘れてはならない相手だった。彼女は有希《ゆき》の実質的なボスである、文弥《ふみや》の姉なのだ。

「あの時は、その……済まなかった」

しかもその相手を、有希《ゆき》は前回襲っている。あの時は当時のターゲットだった女教祖のマインドコントロールに掛かっていたとはいえ、それで雇い主の家族に弓を引いた罪が消えるわけではない。これが司法裁判ならば「責任能力無し」ということで免責されるかもしれないが、有希《ゆき》の業界では行為と結果が全てだ。

本来ならばすぐに謝罪しなければならないところなのに、有希《ゆき》は今日この時までそれを怠っている。この事実も、有希《ゆき》の心に重くのし掛かっていた。

「えっ？　別に良《い》いのよ。あの時の事情は知っているし、特に実害は無かったから」

あっけらかんとした答えに、有希《ゆき》は頭を下げたまま屈辱に震えた。亜夜子《あやこ》の言うとおり、あの戦いで一方的にダメージを受けたのは有希《ゆき》の方だ。「手玉に取られた」と言っても良い。だかもし結果が逆だったら、あの「叛逆《はんぎゃく》」が赦《ゆる》されていたかどうか分からない。自分が「やられた」のはむしろ幸運だった。有希《ゆき》はそう考えることで、気持ちを静めた。

顔を上げた有希《ゆき》は、すっかり落ち着きを取り戻していた。

「寛大な言葉に感謝する。ところで、何故《なぜ》あんた、いや、貴女《あなた》がここに？」

「学校がお休みだから迎えに来たのよ。訳ありそうな男たちが案内するより私の方が、有希《ゆき》さんのお相手には自然でしょう？」

有希《ゆき》は実年齢より外見年齢が低い。彼女は現在十九歳だが、今日みたいな普段着だと精々高校生くらいにしか見えない。こうして亜夜子《あやこ》と向かい合っていると、他人からは同級生同士か同じ高校の先輩・後輩に見えているだろう。——ちなみに、亜夜子《あやこ》の方が先輩だ。

「それはそうかもしれないが……、もしかしてこの近くに住んでいるのか？」

有希《ゆき》の質問に、亜夜子《あやこ》は意外感を露《あら》わにした。

「あら、文弥《ふみや》は言わなかったのかしら？　ここは私たちの地元です」

「私たちって……黒羽家《くろばけ》の⁉」

予想外の事実に、有希《ゆき》の声のトーンが上がった。

「ええ。実家は市内にあります」

「……それでか」

「もしかしたら、修行をするだけなのに何故《なぜ》わざわざ東京を離れてこんな田舎まで来なければならないのか？　とか思っていました？」

「……別に、田舎なんて思わなかった」

心の内をほぼ正確に言い当てられて、有希《ゆき》は取《と》り敢《あ》えずそれだけを言い繕った。

亜夜子《あやこ》は微笑《ほほえ》むだけで、深く追及はしなかった。

◇　◇　◇

若宮《わかみや》の許《もと》に文弥《ふみや》から連絡があったのは、十一月十二日、月曜日のことだった。

『待たせたね』

ヴィジホンの画面の中から開口一番、いきなりそう言われても、若宮《わかみや》は何のことだかすぐには思い当たらなかった。

『ようやく君の教師役が決まったよ』

そう言われて、彼は自分が何を待っていたのかようやく思い出す。

「……決まったか」

若宮《わかみや》はこの報《しら》せを待っていたかのような言い方をしたが、誤魔化すには不自然に生じた間が致命的だった。

『……もしかして、忘れていたのかい？』

「いや、そんなことはない」

若宮《わかみや》は慌てて否定したが、画面の中の文弥《ふみや》は明らかに信じていない目付きだった。

『……まあ、良《い》いよ。どうせ例の資料に夢中だったんだろう？』

「面目ない」

若宮《わかみや》は潔《いさぎよ》く頭を下げた。

『良《い》いよ。君が没頭するのも仕方が無い』

文弥《ふみや》はあっさりと若宮《わかみや》の謝罪を受《う》け容《い》れた。

なお「例の資料」というのは黒羽家《くろばけ》が調べた『魔兵研《まへいけん》』残党に関するレポートだ。若宮《わかみや》が黒《くろ》羽《ば》の配下となるに当たって出した条件がこれだった。

彼が復讐《ふくしゅう》の相手と定めた『魔兵研《まへいけん》』関係者は多中《たなか》や米津《べいつ》だけではない。他にも数人の士官や技術者を手に掛けている。

だが先日までの若宮《わかみや》はソロの殺し屋。個人では、どうしても手が届かない相手がいた。単に警備が厳重というだけでなく、消息自体が摑《つか》めないケースもあった。

文弥《ふみや》が「雇用契約」の手付けとして渡したレポートには、そういう現況が分からなくなっていた「重要人物」に関する情報も記載されていた。若宮《わかみや》が夢中になって読み耽《ふけ》るのも、文弥《ふみや》の言うとおり「仕方が無い」ことかもしれない。

『話を戻そうか。君の指導者を引き受けてくれる人が決まった。……若宮《わかみや》、君はとても運が良《い》い』

「藪《やぶ》から棒《ぼう》に、何だ？」

しみじみと文弥《ふみや》が漏らした言葉に、若宮《わかみや》が戸惑いを露《あら》わにする。

『ところで若宮《わかみや》。君、ファッションに拘《こだわ》りとかある？』

唐突な問い掛けに、彼の戸惑いはますます色濃いものとなる。

「……いや、特に無いが」

『髪型にも？』

「髪なんてどうでも良《い》い」

質問の意図が分からず、若宮《わかみや》は投《な》げ遣《や》りに答えた。

『それは良かった』

「良かった？　……おい、髪と俺の訓練と、何の関係がある？」

『君の修行を引き受けてくれた人、いや、場所は九重寺《きゅうちょうじ》だ』

「九重寺《きゅうちょうじ》？　聞いたことのある名前だな」

『九重八雲《ここのえやくも》先生の寺、と言えばピンと来るかい？』

「九重八雲《ここのえやくも》だって!?　あの、九重八雲《ここのえやくも》が修行をつけてくれるというのか!?」

『さすがに九重《ここのえ》先生の名前は知っていたか』

「当代最高の忍術使いの名くらい、幾ら俺でも知っている」

九重八雲《ここのえやくも》。若宮《わかみや》の言うように「当代最高の忍術使い」と呼ばれ、また「果心居士《かしんこじ》の再来」の異名を持つ幻術使いでもある。魔法師、特に裏の世界に生きる者の間では「その名を知らなきゃモグリ」とまで言われる有名人だ。

『達也《たつや》兄さんに君のことを相談したら九重《ここのえ》先生に頼んでくれてね。君も達也《たつや》兄さんに感謝しなきゃダメだよ』

「達也《たつや》兄さんというのは、桁外れの『術式解体《グラム・デモリッション》』を使うという人か」

『そのとおり。若宮《わかみや》、君が目指すべき頂だ』

「……一度会ってみたいものだ」

若宮《わかみや》はお愛想ではなく、心からしみじみと呟《つぶや》いた。

『達也《たつや》兄さんも九重寺《きゅうちょうじ》に通っているということだからそのうち会えるんじゃないかな。……そうそう、実際に君の相手をしてくれるのは九重《ここのえ》先生じゃなくてお弟子さんの『巻雲《けんうん》』って人らしいんだけど。でも先生直々のご指名だし、場所が九重寺《きゅうちょうじ》だから時々は先生にも見てもらえるはずだよ』

「間接的に指導してもらえるだけで十分だ」

『そう？　なら良《い》いけど』

文弥《ふみや》が満足げに頷《うなず》き、その直後、楽しげで人が悪そうな笑みを浮かべた。

『ところで、先生から一つ条件を付けられているんだよ』

「条件？　俺にできることか？」

『もちろん』

「……具体的には？」

画面の中で文弥《ふみや》が浮かべた良い笑顔が気になって、若宮《わかみや》は恐る恐る訊《たず》ねる。

『そんなに難しいことじゃないよ。寺に預かっている間は形式的なもので良《い》いから出家して欲しいそうだ』

「出家⁉」

若宮《わかみや》の声がひっくり返った。まあ、無理もないだろう。

「俺に坊主《ぼうず》になれってことか？」

『形式的にね』

「……復讐《ふくしゅう》を止めろとかいう話ならお断りだぞ」

『形式的って言っただろう。九重《ここのえ》先生なら、そんなことは言わないさ』

「つまり頭を丸めて袈裟《けさ》を身に着けろと？」

『おいおい、若宮《わかみや》。出家したばかりの小坊主《こぼうず》が袈裟《けさ》を纏《まと》えるはずないだろう。取り敢《と》《あ》えず、頭を丸めるだけで十分なはずだ。大丈夫。必要な物は向こうで揃《そろ》えてくれるそうだから。君は身体《からだ》一つで九重寺《きゅうちょうじ》に行くだけで良《い》い』

「――分かった。何時《いつ》行けば良い」

若宮《わかみや》は、観念した表情で訊《たず》ねた。

『明日の午前十時。場所は地図を送っておくよ』

「了解した」

――こうして若宮《わかみや》は、九重《ここのえ》八雲《やくも》に弟子入りすることとなった。

［3］

二〇九六年十二月十五日、土曜日の正午近く。

有希《ゆき》、鰐塚《わにづか》、奈穂《なお》、そして若宮《わかみや》の四人は、前回と同じホテルのレストランに呼び出された。

指定された時間に遅れること五分。有希《ゆき》が個室に案内されると、他の三人はもう席に着いていた。

「有希《ゆき》さん、遅いですよ」

「あたしが最後か。奈穂《なお》は飛行機で遠出したんだろう？　てっきり、お前の方が遅れると思ってたんだがな」

「あたしは有希《ゆき》さんと違って時間に几帳面《きちょうめん》なんです」

「そりゃ、悪かったな。で、奈穂《なお》は何時《なんじ》に着いたんだ？」

「……昨日からこのホテルに泊まってましたけど」

「何だ、そういうことか」

「でもレストランには指定された時間ちょうどに来ましたよ！」

「自慢になるかよ」

二人の不毛な口論は、文弥《ふみや》の到着で打ち切りとなった。

「みんな、揃《そろ》っているね」

そう言いながら同じテーブルの席に着いた文弥《ふみや》は——なお彼らが囲んでいるテーブルは円卓だった——若宮《わかみや》にチラリと視線を投げて、控えめな微笑《ほほえ》みを浮かべた。

「若宮《わかみや》、中々良く似合っているじゃないか」

若宮《わかみや》は前回と打って変わって、ドレスコードを意識したのかダークスーツを着ていた。だから余計に、スキンヘッドが異彩を放っている。

「ありがとうございます。俺も、悪くないと思っています」

「……どうしたんだ、リッパー？　一ヶ月前とはまるで別人じゃないか」

有希《ゆき》が言うとおり、若宮《わかみや》の変化は髪型だけではなかった。言葉遣いに粗暴なところがなくなり、物腰にも落ち着きが出ている。

「俺などまだまだだが、多少変わって見えているのだとすれば、全ては師匠のお導きだ」

全般的に、一ヶ月前には見られなかった謙虚さが滲《にじ》み出《で》ていた。

「まるでお坊さんみたいです……」

何気ないセリフだったが、奈穂《なお》の一言は的を射ていた。

「おい、文弥《ふみや》。お前、こいつを何処《どこ》に放り込んだんだ？」

「『術式解体《グラム・デモリッション》』の修行ができる所だけど」

有希《ゆき》の問い掛けは詰問調《きつもんちょう》だったが、文弥《ふみや》はそれを、穏やかに受け止めた。

「礼儀正しいのは結構ですが、道徳的になった結果、人を殺せなくなったのでは本末転倒ですよ？」

「その心配は無用だ」

鰐塚《わにづか》が示した懸念《けねん》を、若宮《わかみや》本人がきっぱりと否定する。

「人は、そう簡単に変われない。俺は今でも殺し屋で、以前と変わらず復讐《ふくしゅう》者だ」

「……やっぱり変わった気がするぜ」

有希《ゆき》が漏らした一言は、話をループさせる恐れがあった。

「そろそろ良《い》いかな？」

その流れを、文弥《ふみや》が断ち切った。

「三人がそれぞれ課題をクリアしたのは修行先から聞いている。取《と》り敢《あ》えず、ご苦労様」

文弥《ふみや》の慰労に奈穂《なお》が「ありがとうございます」と頭下げ、若宮《わかみや》も両手を膝に置いて一礼する。

「取《と》り敢《あ》えず、ってことは、まだ何かやらせるつもりか？」

有希《ゆき》一人が太々《ふてぶて》しい態度で文弥《ふみや》に問い掛けた。

「まだ？　有希《ゆき》、何を言っているんだい？」

「どういう意味だ」

呆《あき》れ顔《がお》を向けられ、有希《ゆき》はついつい喧嘩《けんか》腰《ごし》になってしまう。

「この一ヶ月の修行は、仕事に必要なスキルを身に付けてもらう為《ため》のものだ。君たち自身の為《ため》のもので、仕事じゃない」

「では、いよいよ仕事のご命令ですか？」

余計なことを口走りそうな気配を見せた有希《ゆき》の機先を制して、鰐塚《わにづか》が文弥《ふみや》に訊《たず》ねる。

「ああ、君たちのチームに初仕事の依頼だ」

弛緩《しかん》していた空気が一気に引き締まる。一番緊張感に乏しかった有希《ゆき》が、真っ先にプロの顔になった。

「聞かせてくれ。ターゲットは何だ？」

「そんなに力まなくても良い。初めてで連携も確認しなきゃならないだろうし、まずは小手調べに簡単な仕事をこなしてもらう」

文弥《ふみや》にそう言われても、有希《ゆき》は緊張を緩めなかった。文弥《ふみや》に簡単な仕事と言われても、これまでの実績から、彼女はそれを額面どおりに受け取ることはできなかった。

文弥《ふみや》はそんな有希《ゆき》の態度に構わず、リラックスした態度で言葉を続けた。

「有希《ゆき》、五月の頭に片付けてくれた人身売買事件のことは覚えているだろう？」（『司波《しば》達也《たつや》暗殺計画』第二巻『ある愚か者の消失』）

「ああ、忘れてないぜ」

「どうやら国内に新しいルートができたらしくて、魔法因子を持つ少女の誘拐が再び続発している」

「輸出先も同じか？」

「同じだ」

「また、取引現場を襲って潰せと？　だが、それって警察の仕事じゃねえのか？」

「まあね。前回と違って、僕たちが介入する必要は無い。でも、良《い》い機会だと思わないか？」

「あたしたちの試運転にはちょうど良《い》い相手だと？」

文弥《ふみや》は笑みを浮かべて頷《うなず》き、

「取引には『根来衆《ねごろしゅう》』が関わっている。この前の残党なのか別口なのか、そこまでは分からなかったけどね」

「あの連中か……。確かに、腕試しの相手には良《い》いかもしれないな」

有希《ゆき》は依頼に対して前向きにスタンスを変えた。

「有希《ゆき》はこう言っているけど、君たちは？」

文弥《ふみや》の問い掛けにまず応じたのは、若宮《わかみや》だった。

「文弥《ふみや》様のご命令です。是非もありません」

「あたしもです。ご命令に従います」

奈穂《なお》もすぐ、その後に続いた。

「私は何をすれば良いんですか？　取引の日時も場所も、もう分かっているんですよね？」

鰐塚《わにづか》は引き受けることを前提とした質問を文弥《ふみや》に向けた。

「君には作戦立案と現場指揮をお願いしたい。三人を上手《うま》くコントロールしてくれ」

「分かりました」

文弥《ふみや》の答えに、鰐塚《わにづか》は一礼して受諾の意思を示した。

「オーケー。じゃあ、具体的な話をしよう。日時は明後日《あさって》、十二月十七日二十三時。場所は鹿《か》島港《しまこう》の……」

［4］

二日後、十七日二十二時三十分。

奈穂《なお》は鹿島港《かしまこう》に設けられたガントリークレーンの上——コクピットではなく、クレーンを吊《つる》す橋脚状構造物の鉄骨の上に陣取っていた。

ここまで登るのに、奈穂《なお》はまるで苦労していない。彼女は『桜シリーズ』としてこそ要求水準を満たせなかったが、魔法師としては、欠陥品ではなかった。一流の戦闘魔法師と呼べるレベルには届いていないが実践魔法師の平均は上回っている。

また彼女がフラッシュ・キャストを使うのは魔法師であることを隠す為《ため》で、CADを使えば普通に魔法を発動できる。重力制御の魔法で自分と荷物の重量を消し、重力の方向を変えて急角度の鉄骨を「歩いて」登る程度のことは朝飯前だった。

（さ、寒い！）

ただ十二月の寒風には弱音が口から漏れそうになっていた。

奈穂《なお》は十分、寒さ対策をしている。魔法による防寒は継続的に魔法行使の反応が生じるから使えないが、その分、防寒具には万全を期している。狙撃の邪魔にならないよう着膨れする程の厚着はしていないが、断熱素材を生地の間に挟んだツナギは通気性を犠牲にしている代わりに毛皮のコート以上の保温性がある。顔もフェイスマスクとゴーグルで完全防備だ。

また彼女がこの一ヶ月間、狙撃の訓練を受けたのは冬の北海道《ほっかいどう》。客観的な気温は、ここよりもずっと低い。風だってここと同じくらい強く、しかも向こうは雪混じりだ。

だが、寒いものは寒い。気分的な側面が強いのかもしれないが、地上百メートルの鉄骨の上で遮る物が無い冬の海風を浴びていると、寒さが断熱シートを突き抜けて、骨の髄まで染《し》み込《こ》んでくるような気分になるのである。

（気の所為《せい》、気の所為《せい》……）

奈穂《なお》は呪文のように心の中で唱え、寒さから意識を逸《そ》らせようとした。

（それより、お仕事しなきゃ）

彼女はミニサイズの三脚を開き、機械式の双眼鏡をセットした。そしてゴーグルの端子に双眼鏡から引き出したコードを差し込む。

ゴーグルの視界が、双眼鏡を通したものに変化した。

黒羽《くろば》の調査によれば、人身売買の密輸船が接岸するのは隣の埠頭《ふとう》。水平距離で六百メートル。彼女が陣取っているメガクレーンはこの辺りで最も高く、視線を遮る物は無い。

（誘拐された女の子たちが捕まっているのは、あそこかな？）

扉の前を二人組が見張っている倉庫を見付けて、奈穂《なお》はそう見当を付けた。二人組は警備会社の制服を着ているが、そもそも二十一世紀末の現代、こんな時間に人間が警備している時点で怪しすぎる。

(……あれって、変装の意味があるの？ それとも、警備会社もグル？)

奈穂《なお》は双眼鏡を操作して写真データを鰐塚《わにづか》に送信し、レンズの向きを変えた。

(敵のスナイパーは……あっ、いたいた)

有希《ゆき》から、前回の仕事では『根来衆《ねごろしゅう》』の狙撃手がクレーンのコクピットに隠れていたと聞いていた奈穂《なお》は、隣の埠頭《ふとう》に据え付けられたガントリークレーンのコクピットにレンズを向けることで容易《たやす》く敵の射手を見つけ出した。

(得意な行動パターンってあるよね。あたしも気を付けなきゃ)

パターンを読まれるリスクを心に刻み、敵狙撃手の位置をしっかりと心に留《とど》める。

片膝立ちになっていた奈穂《なお》は、立てた左膝の前に置いている背嚢《はいのう》からハードケースを取り出した。

ケースを開け、中に収められた狙撃銃を手早く組み立てる。銃の組み立てと収納は完全な暗闇の中でも迅速・正確に行えるよう、妙子《たえこ》から徹底的にしごかれていた。

最後に照準器を取り付け、そこからコードを引き出して双眼鏡のコードと付け替える。ライフルの照準器とゴーグルが接続され、視界に十字の照準線《レティクル》が浮かび上がった。

(うん、行ける)

奈穂《なお》は膝射《ニーリング》の体勢で狙撃銃を構えた。

最も近い位置にいる敵スナイパーに照準を合わせ、命中させられるという手応えを得る。

一ヶ月の特訓で、彼女は感覚と結果を一致させられるレベルに到達していた。

奈穂《なお》は左手を銃から外し、左耳に着けた通信機を軽くタップして「準備完了」の合図を発信した。

◇　◇　◇

有希《ゆき》と若宮《わかみや》はペアになって、倉庫の陰から密輸船の到着を待っていた。前回は誘拐された少女たちの中に潜り込んでいた有希《ゆき》だが、今回は新チームのテストということもあり、敢《あ》えて策を弄さず強引な力攻めを選択している。

既に船影は見えている。着実に近づいてくる灯火から判断して、五分以内に接岸するだろう。

有希《ゆき》が左手首の腕時計に目を落とした。

時刻は二十二時五十分。文弥《ふみや》から聞いていたより、わずかに早い。いや、文弥《ふみや》は「取引の時間」が二十三時と言ったのだから、船を固定するのに掛かる時間や上陸に要する時間を計算に含めれば時間どおりか。

有希《ゆき》が若宮《わかみや》に目を向ける。

彼女の視線に気付いた若宮《わかみや》は頭《かぶり》を振った。

仕掛けるのは予定どおり、作戦の繰り上げはしない、という意思表示だ。

彼女は「仕掛けよう」という意図で若宮《わかみや》を見たのではなかった。むしろその逆で、彼が焦《じ》れていないかどうか、確かめようとしたのだ。

だが組んだばかりの相方の勘違いを一々指摘する程、有希《ゆき》は気が短くなかった。

即席でアイコンタクトが成立する方が、有希《ゆき》としては気色が悪い。

彼女は無言で軽く肩を竦《すく》め、ターゲットの監視に戻った。

売り手は既に、車を降りて買い手の到着を待っていた。

◇　◇　◇

倉庫から「商品」の少女たちが警備員の制服を着た男に連れ出される。

人数はちょうど十人。前回の半分以下だ。それまで人身売買を取り仕切っていたヤクザが死んで、「調達力」が落ちたのだろう。

鰐塚《わにづか》はその光景を、有希《ゆき》があらかじめ倉庫の壁に取り付けた隠しカメラの映像で見ていた。

「ナッツ、リッパー、聞こえますか？」

『聞こえてるぜ』

『感度良好』

カーオーディオのスピーカーから有希《ゆき》と若宮《わかみや》の明瞭な声が流れ出た。若宮《わかみや》が言うとおり、電波状態は良《い》いようだ。

「買い手の姿は見えますか？」

　倉庫に貼り付けた超小型カメラでは、残念ながらそこまで見えなかったのだ。

『……ああ。たった今、降りてきた。人数は……少ないな。八人だ』

『甲板に十人前後の人影が見える。外から見える場所に銃を持っている者はいない』

　有希《ゆき》の答えを若宮《わかみや》が補足する。

「了解です。船のライフルやマシンガンは警戒しなくて良いと思いますよ」

『根拠は？』

　鰐塚《わにづか》の言葉に、すかさず有希《ゆき》から反問が飛ぶ。

　無論鰐塚《わにづか》は、ただの気休めを口にしたのではなかった。

「五月にナッツが潰した『取引』は警察でも随分問題になっていたようです。それに加えて、去年の十月の『横浜事変』ですから。領海に入ってくる外国船、領海から出ていく本邦船に対する臨検は著しく強化されています。拳銃程度ならともかく、大型の銃器は持ち込めませんよ」

『出て行く外国船を調べないのは手抜きじゃないか……？』

「人手が足りないんでしょう。……そんなことよりナッツ、そろそろ始めますよ」

　鰐塚《わにづか》は雑談を切り上げ、回線を奈穂《なお》にもつないだ。

「ナッツは買い手を奇襲した後、船の制圧を。リッパーは売り手を無力化した後、残った買い手も殲滅《せんめつ》。シェル、狙撃を開始」

『分かった』

『了解』

『分かりました』

三人から指令受理の応えが返る。

鰐塚《わにづか》は無線機の送話スイッチを切った。

◇◇◇

「じゃあ、先に行くぜ」

若宮《わかみや》にそう告げて、有希《ゆき》は隠形《おんぎょう》を発動した。黒川《くろかわ》との修行により、彼女の隠形《おんぎょう》には一層磨きが掛かっている。若宮《わかみや》には、有希《ゆき》が一瞬消えたように見えた。九重寺《きゅうちょうじ》で感覚を磨いていなければ、若宮《わかみや》はまだ目の前にいる有希《ゆき》をそのまま見失っていただろう。

彼が有希《ゆき》の「存在」を再認識した次の瞬間、彼女は若宮《わかみや》の前から本当に消えた。

最初の一歩でトップスピードに乗った有希《ゆき》は、気配と足音を消したまま「買い手」の外国マフィアに突撃した。

「グッ？」「ギッ⁉」「カハッ……！」

ただ断末魔のみを漏らし、マフィアは命を刈り取られていく。

「何だ、何が起こっている⁉」

密買グループを率いる男——『カスティーヨJr.』が恐慌《きょうこう》混じりの声で叫んだ時には、有《ゆ》希《き》は三つの死体を残してその場を駆け抜けていた。

買い手に生じた混乱は、売り手側にも伝染した。

「狙撃手！　襲ってきた敵の姿は見えているか⁉」

売り手を仕切っている男——名を『内藤《ないとう》』という——が、この埠頭《ふとう》を一望できる高所に配置したスナイパーを呼び出し、状況を確認しようとする。

「…………」

しかし、呼び出し掛けた無線に応えは無い。

「津川《つがわ》、辻《つじ》、熊谷《くまがや》！　誰でも良《い》い、応答しろ！」

内藤《ないとう》が裏返り掛けた声で無線機に怒鳴った。だが、やはり応答は無い。

カスティーヨJr.に続いて、内藤《ないとう》もパニックに囚《とら》われた。

◇　◇　◇

奈穂《なお》が彼女専用にオーダーメイドされた狙撃銃の引き金を引いた。

照準器につないだゴーグルに映る視界の中で、また一人、無抵抗に命を散らす。

（これで最後かな……）

奈穂《なお》が仕留めた敵スナイパーはこれで六人。放った弾丸は六発。

他にスナイパーは見当たらない。

奈穂《なお》は一発の反撃を受けることもなく、敵の狙撃部隊を全滅させた。

（落ちこぼれのあたしが、こんなに上手《うま》くできるなんて）

この結果に、奈穂《なお》は謙遜ではなく驚いていた。

（ライフルと魔法の組み合わせって、こんなに便利なものだったんだ……）

彼女が反撃を受けなかったのは、自分の位置を敵に掴《つか》ませなかったからだ。

敵は仲間が狙撃されたことにすら、気付いていなかったかもしれない。

銃撃には普通、射手の所在を声高に主張する副産物が生じる。

音と光だ。

ただ光――発射炎《マズルフラッシュ》の方は銃身が長いライフルでは余り問題にならない。

また、音の方も発射音はサウンド・サプレッサーの性能向上でかなり抑えられるようになった。

だが銃弾が音速を超えて撃ち出されることで発生する衝撃波は、物理法則上どうにもならない。銃弾が空気中を飛翔《ひしょう》する以上、どうしても避けられない。

銃弾の速度を音速以下まで落とせばこの問題は回避できるが、短距離の銃撃ならともかく、長距離の狙撃では難しい。弾速を落とせば、有効射程距離が短くなってしまう。

しかしそこに、魔法という要素が絡《から》んでくると話は別だ。

奈穂《なお》の狙撃銃にはＣＡＤが組み込まれている。『武装一体型ＣＡＤ』または『武装デバイス』と呼ばれる魔法師用の武器だ。

ＣＡＤに保存されている起動式は「慣性増幅」と「音波遮断」の二種類。一つのＣＡＤに二つの起動式を記録しているのではなく、二つの特化型ＣＡＤが一つの武装デバイスに組み込まれている。「音波遮断」は弾薬の燃焼ガスが生み出す発射音を完全に遮断し、「慣性増幅」は銃弾と銃本体の慣性を三秒間増幅する。

発射された弾丸の慣性質量が魔法によって増大しても、重量――銃弾に作用する重力の大きさは変わらない。その結果、慣性質量に反比例し重量に比例する重力加速度は低下し（通常は慣性質量の増大＝重量の増大であるため重力加速度は一定）、亜音速弾でも超音速の銃弾を使用した場合と変わらぬ弾道を描く。

それにも拘《かか》わらず、衝撃波は発生しない。亜音速弾でも風斬り音は生じるが、超音速弾の衝撃波に比べれば全く問題にならないレベルだ。

魔法の併用により、奈穂《なお》はほぼ完全な「無音狙撃」を実現していた。

(姉川《あねがわ》さん、ありがとうございます……！)

この魔法を併用した「無音狙撃」は今回コーチ役を務めた妙子《たえこ》のアイデアだった。狙撃手の居場所を暴露してしまう射撃音に悩まされていた妙子《たえこ》は、その対策を以前から考えていたのである。

魔法を使えない妙子《たえこ》には、「無音狙撃」を実現できなかった。しかし今回、奈穂《なお》という生徒を得たことで彼女のアイデアは正しかったと実証された。

妙子《たえこ》も生徒の戦果に、きっと満足していることだろう。

◇◇◇

有希《ゆき》に向けられる狙撃が皆無であることを確認して、若宮《わかみや》も倉庫の陰から飛び出した。パニック状態にある内藤《ないとう》一味は、若宮《わかみや》が間近に迫るまで彼の接近に気付かなかった。有希《ゆき》には及ばないが、若宮《わかみや》もこの一ヶ月の修行で気配を隠す技術を向上させていたのだ。

「何者だっ!?」

内藤《ないとう》の手下が彼を認識した時には、若宮《わかみや》は十メートル圏内に一味の全員を捉えていた。

「殺《や》れ！」

パニックに陥っていても、そこは根来忍者《ねごろにんじゃ》の端くれ。内藤《ないとう》の命令を受けて、四人の配下が一斉に拳銃を抜く。

それを見た若宮《わかみや》は、いったん足を止めた。

同時に、左手を前に翳《かざ》す。

内藤《ないとう》一味が、内藤《ないとう》本人も含めて、若宮《わかみや》に銃を向けた。

次の瞬間、若宮《わかみや》の左掌《てのひら》に眩《まばゆ》い輝きが生じた。——ように、内藤《ないとう》たちには見えた。

彼らは思わず銃を持っていない方の手で目をかばう。だが不思議なことに、「光輝」は相変わらず彼らの「目」を痛めつけている。

若宮《わかみや》の右手に四本のスローイングダガーが出現した。まさに手品のような手際《てぎわ》で隠し持っていたダガーを取り出したのだ。

彼は一呼吸の時間に、四本のダガーを次々と投げた。

全てのダガーが狙い過《あやま》たず内藤《ないとう》の手下四人の右手に命中する。残念ながら二本は皮膚を裂いただけで埠頭《ふとう》のコンクリートに落ちたが、同時に四丁の拳銃も音を立てて落下した。

内藤《ないとう》が目をかばっていた左腕を下ろす。ようやく視覚を苛《さいな》んでいた謎の「光輝」が消えたのだ。そして彼は、配下が四人とも得物を打ち落とされているのを視認した。

内藤《ないとう》は無言で、拳銃を若宮《わかみや》に向け直した。

しかしその時には既に、若宮《わかみや》の左手が再び内藤《ないとう》に向けられていた。

内藤《ないとう》の鳩尾《みぞおち》を、「風」の砲弾が襲う。

彼の服は、そよとも揺れなかった。

だが内藤《ないとう》は確かにダメージを受け、膝を突く。

内藤《ないとう》の目を眩《くら》ましたのも、膝を突く痛みを与えたのも、若宮《わかみや》が放った想子弾《サイオンだん》、『遠当て』だ。

若宮《わかみや》が師事した『巻雲《けんうん》』は九重八雲《ここのえやくも》の高弟で『遠当て』の達人だった。巻雲《けんうん》は運動機能を麻痺《まひ》させる遠当てだけでなく、五感——視覚、聴覚、嗅覚、味覚、触覚のそれぞれに幻覚のダメージを与える五種類の遠当てを使いこなした。

現代魔法には似た技術として『幻衝《ファントム・ブロウ》』と呼ばれる無系統の術式がある。だが『幻衝《ファントム・ブロウ》』は幻の痛覚を与えるのみ。それを考えれば、巻雲《けんうん》の技術が如何《いか》に卓越したものであるかが分かる。

若宮《わかみや》は巻雲《けんうん》から、視覚を眩ます遠当て、触覚を刺激する遠当て、そして本命の、運動機能を麻痺《まひ》させる遠当て、この三種を学んだ。まだ会得《えとく》したと言える域には達していないが、取り敢えず使えるレベルにはある、と仮免を与えられているのだった。

触覚を刺激する遠当て、現代魔法に言う『幻衝《ファントム・ブロウ》』で内藤《ないとう》に膝を付かせた若宮《わかみや》は再び走り出した。まだ決着がついたわけではない。大物ぶって様子をうかがう程、若宮《わかみや》はお気楽ではなかった。

彼はまず、ダガーの投擲《とうてき》でダメージを与えた内藤《ないとう》の手下四人に襲い掛かった。

大型ナイフを振るい、次々と喉を切り裂いていく。

手下の中には袖の下に隠した装甲で若宮《わかみや》の斬撃を受け止めようとした者もいた。

だが若宮《わかみや》のナイフはセラミックプレートの装甲を腕ごと切り落とし、そのまま敵の喉を裂いた。彼が得意とする魔法『高周波ブレード』の威力だ。

若宮《わかみや》は一分余りで四人の喉を切り裂き、その命を奪った。

まさしく「切り裂く者《リッパー》」の名に相応《ふさわ》しい暴力。

両膝を突いたままその惨状を目撃した内藤《ないとう》の顔は、血の気を失っていた。

このままでは、彼も配下の後を追うのみ。その危機感が、幻の痛覚を上回ったのだろう。内《ない》藤《とう》の右手が上がり、銃口を若宮《わかみや》に向ける。しかしその動作には、スピードが欠けていた。

内藤《ないとう》が引き金を引くより早く、若宮《わかみや》が彼の横を駆け抜けていた。

内藤《ないとう》の首に朱の線が走り、鮮血が激しく噴き出す。

若宮《わかみや》はそれで止まらなかった。

まだ半分、「売り手」を屠《ほふ》ったに過ぎない。「買い手」のフィリピンマフィアが残っている。

若宮《わかみや》は突撃を再開した。

◇◇◇

若宮《わかみや》が根来忍者《ねごろにんじゃ》——ただし、魔法が使えない方の「忍者」——にダガーを投げた時には、有《ゆ》希《き》は既に密輸船へ乗り込んでいた。

タラップには当然、見張りがいた。だが見張りの下《した》っ端《ぱ》マフィアは死ぬ直前まで、いや、もしかしたら死んでも有希《ゆき》に気付かなかった。有希《ゆき》はまさに影となって、あるいは実体の無いゴーストと化して敵の懐《ふところ》に飛び込んだ。

甲板に上がった有希《ゆき》が手当たり次第にナイフを振るう。若宮《わかみや》のように威力に任せて両断するのではなく、的確に急所を刺し貫く暗殺術。

甲板上には十二人のフィリピンマフィアがいたが、彼らが襲撃者の存在に気付いたのは仲間の三分の一、四人が斃《たお》された後だった。――なおこの時点に至っても、敵が女性であると気付いた者は皆無だった。

しかしとにかく、小柄な何者かの襲撃を受けていると認識した彼らは、一斉に拳銃を抜き甲板を走り回っている人影に向けた。

マフィアは、良く訓練されていた。半年と少し前、買い付けに訪日した先代ボスを含むメンバーが一人も戻って来なかったことを、彼らも忘れていなかったのだろう。彼らの実力は、傭《よう》兵《へい》としても通用するレベルに達していた。

だが飛び交う銃弾は、一つとして有希《ゆき》を捉えられなかった。これだけ撃ちまくって同士討ちを引き起こさない練度は賞賛に値するものだが、有希《ゆき》の技量は更に数段上を行っている。

正面から突っ込んでくる正体不詳の襲撃者に、マフィアが銃口を向け引き金を引く。

距離、およそ二メートル。外しようのない至近距離。

事実、その男が放った銃弾は小柄な人影に命中し――肉も血も撒《ま》き散《ち》らさず虚《むな》しく通り抜けた。

貫通したのではない。

透過したのだ。

そして次の瞬間、男は背後から喉を掻《か》き切られて絶命した。

直前の仕事で仲間《なかま》杏奈《あんな》相手に有希《ゆき》が見せた、超高速移動が生み出す残像による分身。

忍術の再修行で、有希《ゆき》が黒川《くろかわ》から最初に与えられた課題があの「分身術」を自由に使いこなすことだった。

それができれば自分を凌《しの》ぐ『空蟬《うつせみ》』の遣い手になれると言われて、有希《ゆき》は大人しくこの課題に取り組んだ。

あの時の超高速運動は特殊な興奮状態が生み出した、謂《い》わば「火事場の馬鹿力」だったが、有希《ゆき》は一ヶ月の修行期間も残りあと三日となったところで、ようやく課題をクリアした。

その結果、彼女は残像のみを身代わりとする新次元の『空蟬《うつせみ》』を会得《えとく》したのである。

有希《ゆき》は新たな獲物に襲い掛かった。

自分に銃口が向けられ、敵が引き金を引いたのが見える。

コントロールされた危機感が、パニックの代わりにワンステージ上の異能の力を引き出す。

瞬間的な超加速による方向転換。
発射された銃弾が、置き去りにした残像を貫いた。
その時にはもう、有希《ゆき》は敵の背後に回り込んでいる。
ナイフを一突き。
獲物が死体となって崩れ落ちる。
銃撃が激しさを増した。
反比例して照準の正確性が失われ、同士討ちが発生し始める。
この状況になっても、有希《ゆき》にはまだ余裕があった。
ただ、油断はしない。
慢心も無い。
有希《ゆき》は一人ずつ、着実に葬《ほうむ》っていき、
船内のマフィアを全滅させた。

［5］

二〇九六年十二月十八日、午後七時。

有希《ゆき》、鰐塚《わにづか》、奈穂《なお》、若宮《わかみや》の四人は都内某有名レストランのディナーに招待されていた。招待と言っても、ホストはいない。これは文弥《ふみや》からのご褒美《ほうび》だった。

また、ディナーと言っても堅苦しいコース料理ではない。カジュアルな大皿料理だ。

「今回はご苦労様でした。『満足できる結果だった』と文弥《ふみや》様からもお褒めの言葉をいただいています」

グラスに飲み物が注がれたところで、鰐塚《わにづか》が文弥《ふみや》のメッセージを伝える。

「今後の活躍も期待している、とのことです」

鰐塚《わにづか》が「乾杯」の一言で短い挨拶を締め、四人がグラスの中身を飲み干して食事が始まる。

「……今後か。次は今回のように、簡単な仕事じゃないんだろうな」

「有希《ゆき》さん、不吉なことを言わないでください。それってフラグですよ」

抗議する奈穂《なお》の声に鋭さは無い。分《わ》かり易《やす》い態度や表情には表れていないが、一ヶ月に及ぶ辛《つら》い特訓の卒業試験とも言える仕事を無事に終えて浮かれているのだろう。

「だが有希《ゆき》の言葉にも一理ある」

若宮《わかみや》が「ナッツ」ではなく「有希《ゆき》」と名前で呼んだのは打ち解けたからではなく、仕事中ではないからだ。ここが完全な個室ではないという事情もある。今はコードネームで呼ぶ方が不用心と言えた。

「今回の仕事は難易度が低かった」

「確かにそうですね」

奈穂《なお》は若宮《わかみや》の言葉に「またフラグ」と気分を害するのではなく、明るい声で相槌《あいづち》を打った。

「正直、あたしも歯応えが無いと感じました」

奈穂《なお》が漏らした感想に、鰐塚《わにづか》が苦笑いを浮かべる。

「客観的に見れば、そんなに簡単な仕事ではありませんでしたよ。それを『歯応えが無かった』と感じるのは、皆さんの実力が飛躍的に向上しているからです。一ヶ月に及ぶ特訓を含め、本当にお疲れ様でした」

鰐塚《わにづか》の賞賛に、奈穂《なお》が照れ臭そうにはにかんだ。奈穂《なお》だけではない。有希《ゆき》も、若宮《わかみや》も、満更でもなさそうな表情をしている。

「これなら、次の仕事も心配しなくて良さそうですね」

しかし慰労に続いた鰐塚《わにづか》のセリフに、三人の顔が強張《こわば》った。

「おい、クロコ……」

長年の癖か、有希《ゆき》だけは鰐塚《わにづか》をコードネームで呼ぶ。咎《とが》めるような口調で。

「まさかと思うが、もう次のオーダーが来ているのか……？」

「ええ、オーダーをいただいていますよ」

鰐塚《わにづか》は当然と言わんばかりの表情で頷《うなず》いた。

「今回の仕事は『小手調べ』だと、文弥《ふみや》様は仰《おっしゃ》ったじゃないですか。次からが本番です。次の仕事は『年内に』というご指定です。早速、明日から取り掛かりますよ」

有希《ゆき》、若宮《わかみや》、奈穂《なお》の三人は、示し合わせたようにがっくりと肩を落とした。

〔完〕

あとがき

『司波達也暗殺計画《しばたつやあんさつけいかく》』第三巻をお届けしました。如何《いかが》でしたか。お楽しみいただけましたでしょうか。

この第三巻は公式サイトで『リッパーvs石化の魔女』というサブタイトルで連載しておりましたが、第二巻で名前だけ出てきたキャラが敵方の重要キャラである『石化の魔女』として登場しています。どうやら私は、既刊の設定やエピソードをつないで物語を組み立てていくタイプの作家であるようです。もしラストバトルの結末が何故《なぜ》ああなったのかよく分からない方がいらっしゃいましたら、お手数ですが是非第二巻を読み返してみてください。よろしくお願いします。

この巻の短編でない方は『古都内乱編』と同時期のエピソードになります。といっても、『古都内乱編』とクロスしているエピソードはほとんどありません。精々文弥《ふみや》が「別件で忙しい」と言っているくらいです。本編である『魔法科高校の劣等生』のキャラが活躍しない点で、この第三巻は最もスピンオフらしいストーリーになっていると言えるかもしれませんね。

ここで、このシリーズの今後の展開についてお話ししたいと思います。

第二巻のあとがきで申し上げましたとおり、『司波達也暗殺計画《しばたつやあんさつけいかく》』は『魔法科高校の劣等生』の完結に合わせて終了します。現在の予定では第四巻を出す前に『魔法科高校の劣等生』が完結しますから、『司波達也暗殺計画《しばたつやあんさつけいかく》』はこの第三巻で終了ということになります。

ところで、私が先程から『司波達也暗殺計画《しばたつやあんさつけいかく》』について「シリーズ完結」という表現を使っていないことにお気付きでしょうか？　そうです。『司波達也暗殺計画《しばたつやあんさつけいかく》』は第三巻でいったん終了となりますが、有希《ゆき》の物語はタイトルを変えて新たな形でスタートさせるつもりです。書籍として刊行するか、公式ＨＰのコンテンツとしてのみご提供するかは未定ですが。

短編『ナッツ＆リッパー』はスピンオフのスピンオフである新シリーズのプロローグ的な立ち位置のエピソードです。味方陣営に新キャラを追加したのも新シリーズの為《ため》の布石でした。

後は……企画倒れにならないように頑張ります。


それでは皆様、ここまでお付き合いいただきましてありがとうございました。

（佐島《さとう》　勤《つとむ》）

◉佐島　勤著作リスト

「魔法科高校の劣等生①〜㉚」（電撃文庫）
「魔法科高校の劣等生SS」（同）
「魔法科高校の劣等生　司波達也暗殺計画①〜③」（同）
「ドウルマスターズ1〜5」（同）
「魔人執行官《デモーニック・マーシャル》　インスタント・ウィッチ」（同）
「魔人執行官《デモーニック・マーシャル》2　リベル・エンジェル」（同）
「魔人執行官《デモーニック・マーシャル》3　スピリチュアル・エッセンス」（同）

本書に対するご意見、ご感想をお寄せください。

ファンレターあて先
〒 102-8177　東京都千代田区富士見 2-13-3
電撃文庫編集部
「佐島 勤先生」係
「石田可奈先生」係

初出 ……………………………………………………

本書は著者の公式ウェブサイト
『佐島 勤 OFFICIAL WEB SITE』にて掲載されていた小説に加筆・修正したものです。

電撃文庫

魔法科《まほうか》高校《こうこう》の劣等生《れっとうせい》

司《し》波《ば》達《たつ》也《や》暗《あん》殺《さつ》計《けい》画《かく》③

佐島《さとう》 勤《つとむ》

2020年1月10日　初版発行

発行者　郡司 聡
発行　株式会社KADOKAWA
〒102-8177　東京都千代田区富士見2-13-3
0570-06-4008（ナビダイヤル）
装丁者　荻窪裕司（META＋MANIERA）
印刷　旭印刷株式会社
製本　旭印刷株式会社

●お問い合わせ（アスキー・メディアワークス ブランド）
https://www.kadokawa.co.jp/（「お問い合わせ」へお進みください）
※内容によっては、お答えできない場合があります。
※サポートは日本国内のみとさせていただきます。
※ Japanese text only

※定価はカバーに表示してあります。

ISBN978-4-04-913002-7　C0193　Printed in Japan

電撃文庫　https://dengekibunko.jp/

電撃文庫創刊に際して

文庫は、我が国にとどまらず、世界の書籍の流れのなかで〝小さな巨人〟としての地位を築いてきた。古今東西の名著を、廉価で手に入りやすい形で提供してきたからこそ、人は文庫を自分の師として、また青春の想い出として、語りついできたのである。

その源を、文化的にはドイツのレクラム文庫に求めるにせよ、規模の上でイギリスのペンギンブックスに求めるにせよ、いま文庫は知識人の層の多様化に従って、ますますその意義を大きくしていると言ってよい。

文庫出版の意味するものは、激動の現代のみならず将来にわたって、大きくなることはあっても、小さくなることはないだろう。

「電撃文庫」は、そのように多様化した対象に応え、歴史に耐えうる作品を収録するのはもちろん、新しい世紀を迎えるにあたって、既成の枠をこえる新鮮で強烈なアイ・オープナーたりたい。

その特異さ故に、この存在は、かつて文庫がはじめて出版世界に登場したときと、同じ戸惑いを読書人に与えるかもしれない。

しかし、〈Changing Times,Changing Publishing〉時代は変わって、出版も変わる。時を重ねるなかで、精神の糧として、心の一隅を占めるものとして、次なる文化の担い手の若者たちに確かな評価を得られると信じて、ここに「電撃文庫」を出版する。

1993年6月10日
角川歴彦